*„Sei du der Grund,
weshalb andere wieder an das Gute im Menschen glauben."*

(Sprichwort)

Für Sigrid

Mathias P. Rein

Die Schulsanitäter der Schloss-Schule Künzelsau

Voller Einsatz

Paul

2021

Bibliografische Information der Deutschen Nationalbibliothek:
Die Deutsche Nationalbibliothek verzeichnet diese Publikation in der Deutschen Nationalbibliografie; detaillierte bibliografische Daten sind im Internet über http://dnb.d-nb.de abrufbar.

Rein, Mathias P.:

    Die Schulsanitäter der Schloss-Schule Künzelsau
    Voller Einsatz
    Paul

ISBN: 9-798462-777431

Herstellung und Verlag / Imprint:
Independently published - Kindle direct Publishing

Alle Rechte der Verbreitung und Vervielfältigung (auch durch Fernsehen, Funk und Film, jegliche fotomechanische Wiedergabe, elektronische Datenträger, Tonträger und auszugsweisen Nachdruck...) sind vorbehalten.

© Mathias P. Rein, 2012 u. 2021 (2. Ausgabe unter neuer ISBN)
© Covergestaltung und Layout: www.medienhaus-knoerzer.de
unter Verwendung von:
Racle Fotodesign (Nr.: 33489125); strichfiguren.de (Nr.: 283896875) - stock.adobe.com und Cover Creator KDP

Inhalt

Ein Fehler im Dienstplan 6
Ein schlimmer Unfall 10
Zwischen Zufriedenheit und Niedergeschlagenheit 19
Clara verletzt sich 24
Ein brutaler Schläger 29
Der Plan 35
Angst 40
Der Anfall 43
Clara und Anton 52
Die Überraschung 56
Paul verliebt sich 62
Frieden 64
Die Dienstbesprechung 67
Die Rückbesinnung 72
Eine lange Woche, die schnell vergeht 78
Clara ist zurück 80
Der Schulsanitätsdienst 84
Wolke Neun 99
Im alten Steinbruch 100
Die SMS 108
Ritterspiele 109
Der Sturz 111
Veränderung 118

Ein Fehler im Dienstplan

<u>Montag, 4. Oktober, 7.24 Uhr</u>

„Ausgerechnet mit Anna!", denkt Paul, als er am Montagmorgen vor dem aktuellen Dienstplan des Schulsanitätsdienstes seiner Schule steht. Er hatte sich so auf die Woche Rufbereitschaft mit seinem Freund Maxi gefreut. „Eine Woche Rufbereitschaft mit so einem Küken, was hat sich der Sauber da nur wieder gedacht?", schießt es ihm durch den Kopf.

Mürrisch geht Paul Richtung Sanitätszimmer, um Notfallkoffer und Schnurlostelefon zu holen.

„Hallo Paul!", ruft eine bekannte Stimme hinter ihm.

„Hallo Anna. Heute haben wir Rufbereitschaft."

„Ja, eine ganze Woche. Ich freue mich drauf!"

„Ich auch", antwortet Paul zögerlich und mit einem gequälten Lächeln.

„Darf ich unser Notfalltelefon haben?", fragt Anna und schaut Paul mit großen Augen an.

„Das Telefon sollte kein Frischling haben, sondern jemand, der schon Erfahrung mit Notfalleinsätzen hat. Du kannst die Tasche tragen", entgegnet Paul grinsend, steckt sich das Schnurlostelefon an den Gürtel und hält Anna die Tasche entgegen.

Gemeinsam gehen beide in ihr Klassenzimmer. Montagmorgen, erste Stunde, bedeutet Klassenlehrerstunde und Planung der Woche.

„Da sehe ich den Sauber gleich und werde fragen, warum ich nicht mit Maxi Dienst machen darf", nimmt sich Paul vor.

Peter Sauber ist Klassenlehrer der 9a und Ausbilder der Schulsanitäterinnen und Schulsanitäter an der Schloss-Schule Künzelsau. Den Schulsanitätsdienst, den es seit zwei Jahren an der Schule gibt, hat Peter Sauber aufgebaut. Mittlerweile beschränkt sich seine Tätigkeit für den Schulsanitätsdienst auf Ausbildung und

Betreuung. In der Ausbildung durchlaufen die Kinder und Jugendlichen, die Schulsanitäter werden möchten, in einer Woche der Sommerferien einen kompletten erste Hilfe Kurs. Die Inhalte des Kurses sind in unterschiedliche Bereiche aufgeteilt: Ein Ausbildungsfeld ist der Bereich der lebensrettenden Sofortmaßnahme. Hier geht es darum, was bei einem Notfall unternommen werden kann, um das Leben des Patienten zu sichern. Mit „zu sichern" ist gemeint, Maßnahmen einzuleiten, die den Menschen am Leben erhalten und zwar solange, bis ein Notarzt oder Rettungsdienstpersonal eintrifft.

Ganz wichtig ist Herrn Sauber auch die Beachtung des Eigenschutzes, zum Beispiel bei Verkehrsunfällen. Hier gilt es zuerst die Unfallstelle abzusichern, bevor man sich um den Patienten kümmert. „Dem Unfallopfer bringt es nichts, wenn ihr sofort helft und dann ein weiteres Auto in die Unfallstelle rast und auch euch verletzt", mahnt Herr Sauber immer wieder an. Die Beachtung des Eigenschutzes gilt ebenso bei Stromunfällen oder der Rettung aus reißenden Flüssen zum Beispiel bei Hochwasser oder wenn ein Mensch im Winter in einen See eingebrochen ist. Eigentlich immer dann, wenn sich auch der Helfer in Gefahr bringt. Auch unter Beachtung des Eigenschutzes kann ein Schulsanitäter oder eine Schulsanitäterin jedoch immer noch eine Menge tun! Was genau, wird anhand von Beispielen gemeinsam erarbeitet. Ziel ist es immer, dem Verunglückten in irgendeiner Weise Hilfe zukommen zu lassen oder schnell Hilfe zu organisieren.

Dann gibt es weitere Ausbildungsfelder, in denen Herr Sauber seinen Sanis spezielle lebensrettende und lebenserhaltende Maßnahmen beibringt, damit diese anderen Menschen schnell, richtig und fachgerecht helfen können. Zum Beispiel, wenn jemand aufgrund einer Verletzung der Lunge, eines Unfalls oder eines schlimmen Asthmaanfalls zu ersticken droht; einen Herzinfarkt oder Schlaganfall hat und ohne schnelle erste Hilfe mit Folgeschäden leben müsste; wenn sich jemand schlimm verbrannt, verbrüht oder von einer Biene im Mundraum gestochen wurde... .

Da Herr Sauber neben der ganzen Theorie zur ersten Hilfe sehr viel mit seinen Sanis übt, können diese nach dem Kurs oft nicht nur mehr als die meisten Erwachsenen, die irgendwann einmal einen erste Hilfe Kurs für ihren Führerschein gemacht haben, sondern trauen sich auch um ein Vielfaches mehr zu.

„Da kommen ja unsere Rettungsengel!", ruft Anton verächtlich, als Anna und Paul das Klassenzimmer betreten.

Anton ist fast einen Kopf größer als seine Mitschüler und aufgrund seiner Körperfülle und seiner lauten Art der Leader der Klasse. Anton hat eine einfache Regel: Wer nicht für Anton ist, ist gegen ihn! Und das lässt er diejenigen spüren, die nicht tun, worum Anton „bittet". Um sich geschart hat er je nach Laune ein kleines „Team" von zwei bis vier Mitschülern, die im Auftrag Antons gerne Druck auf andere ausüben. Und dann gibt es noch weitere drei bis vier, die gerne in diesem „Team" wären und Anton, wann immer es geht, gefallen wollen. Tja, und dann bleibt noch der Rest der Klasse, der darauf hofft, dass sie vom „Team-Anton" in Ruhe gelassen werden und sich daher immer ganz neutral, bloß nicht gegen Anton verhalten.

„Ja, rede du nur", denkt Paul, „so wie du Moped fährst, brauchst auch du irgendwann mal meine Hilfe."

Leicht verärgert, sich dies aber nicht anmerken lassend, geht Paul zu seinem Platz. Maxi ist noch nicht da. „Typisch, wie immer", denkt Paul. „Der wird wieder mit dem Gong zur ersten Stunde eintrudeln und sich dann wundern, warum die Sani-Tasche nicht an seinem Platz, sondern bei Anna steht. Na ja, vielleicht klappt es ja noch mit einem Tausch!"

Anna hat Antons Pöbelei gar nicht zur Kenntnis genommen. Im Gegenteil! Stolz trägt sie die Erste-Hilfe-Tasche bis zu ihrem Platz, setzt sich auf ihren Stuhl und lehnt sich zufrieden zurück.

8.16 Uhr

Nach der ersten Stunde bei Herrn Sauber nutzen Paul und Maxi die Gelegenheit zur Klärung: Warum haben sie beide nicht gemeinsam Dienst?

„Herr Sauber, können wir Sie ein Stück in Richtung Lehrerzimmer begleiten? Wir würden gerne etwas mit Ihnen besprechen."
„Gerne, kommt mit. ... Worum geht es denn?"
„Ich hatte mich doch mit Maxi für diese Woche eingeteilt und jetzt soll ich mit Anna, die erst seit zwei Wochen Schulsanitäterin ist, Dienst machen", beginnt Paul nachdem sie das Klassenzimmer verlassen haben und außer Hörweite von Anna sind. „Anna ist zwar nett, aber..."
„Du weißt doch, dass erfahrene Altsanitäter wie du am Anfang des Jahres mit Jungsanitätern Dienst machen sollen, damit diese etwas von euch lernen können", unterbricht ihn Herr Sauber. „So haben wir es auch im letzten Jahr gemacht. Dies hat den letztjährigen *Neuen* unheimlich geholfen. Es ist doch ein Unterschied, ob man nur übt oder es in der Praxis dann auch anwenden kann."
„Ja, aber wäre es nicht besser, wenn Anna mit Claudia aus der 9b Dienst macht. Claudia ist schon genauso lange dabei wie wir", wirft Maxi ein.
„Saniteams, die in Rufbereitschaft sind, über zwei Klassen hinweg zu bilden ist immer ungünstig", fährt Herr Sauber fort. „Ein Team, das Dienst hat, sollte immer aus einer Klasse sein, damit beide sehr schnell am Notfallort sein können und sich nicht erst noch suchen müssen. ... Aber das wisst ihr doch. ... Zudem war Anna im Kurs in den Sommerferien eine der Besten. Ich mache euch einen Vorschlag: Bis zur Mitte der Woche macht Paul wie eingeteilt Dienst mit Anna. Ab Donnerstag könnt ihr für den Rest der Woche zusammen ein Dreierteam bilden. Einverstanden?"
„Besser als nichts", denken beide, nicken zustimmend und gehen in ihr Klassenzimmer zurück.

Der Vormittag geht ohne besondere Vorkommnisse vorüber. In der Mittagspause trifft sich Paul mit zwei Klassenkameraden zum Döner essen, dann noch schnell die Hausaufgaben im Aufenthaltsraum gemacht, einen Teil abgeschrieben und wieder zurück ins Klassenzimmer.

Ein schlimmer Unfall

14.41 Uhr

Genau um 14.41 Uhr, während der zweiten Nachmittagsstunde klingelt das Schnurlostelefon. Aufgeregt bittet Frau Koch um Hilfe. Eine ihrer Schülerinnen hat sich in der Küche verbrannt. Anna und Paul sollen bitte sofort kommen.

„Oh Mann", denkt Paul, „das kann ja heiter werden. Brandverletzung und Dienst mit einem Frischling." Nachdem beide das Klassenzimmer verlassen haben, wendet sich Paul an Anna und berichtet, was Frau Koch am Telefon gesagt hat.

„Versuch dir die Situation, die uns erwartet vorzustellen und denke darüber nach, wie wir helfen können!"

Anna nickt mit angespanntem Gesichtsausdruck und versucht mit Paul Schritt zu halten, der sich bereits zügig in Richtung Küche auf den Weg gemacht hat. In ihren Gedanken sieht sie eine Schülerin, die sich ihre Handfläche an einer Herdplatte verbrannt hat. „Da heißt es dann sofort kühlen, kühlen, kühlen, dann den Verbrennungsgrad feststellen, eventuell müssen wir auch einen Notruf absetzen … obwohl … bei einer verbrannten Hand wahrscheinlich eher nicht", sagt sie leise vor sich hin.

Paul kommt auf dem Weg zur Küche ein Notfall ins Gedächtnis, der ihm vor einiger Zeit bei seinem Freund Maxi begegnet ist. Maxis kleine Schwester hatte sich beide Unterarme am Backofen in der Küche verbrannt, als sie ein Blech mit Pommes aus dem Backofen holen wollte. „Was haben wir da nochmals gemacht? ... Kaltwasserbehandlung und die Kleine beruhigt! ... Also mindestens zehn Minuten kühlen, mit dem Patient beruhigend sprechen, ihm erklären, was wir tun. ... Bei Maxis Schwester hatten wir die Wunde nicht steril abgedeckt und uns gleich eine Rüge vom Hausarzt eingehandelt, nachdem wir erzählt hatten, dass wir Schulsanitäter sind. Also heute daran denken", nimmt sich Paul vor. „Ach ja, und nicht vergessen, dass wir uns genau umsehen. Nicht, dass wir was übersehen. Der Sauber erzählt hier immer die Geschichte von dem Baby, das im Auto vergessen wurde und nur die Mutter behandelt und ins Krankenhaus gebracht wurde, weil die Helfer sich keinen Überblick über die gesamte Notsituation verschafft hatten", geht es ihm durch den Kopf. „Und Schaulustige wegschicken... ."

Knapp eine Minute nach dem Anruf sind Anna und Paul in der Küche eingetroffen. Am Waschbecken stehen einige aufgeregte Schüler, ein weinendes Mädchen sowie Frau Koch. „Gut, dass ihr da seid", ruft Frau Koch aufgeregt. „Was sollen wir außer Kühlen tun?"

Das weinende Mädchen lässt Wasser über ihre Arme laufen, ihr halbes Sweatshirt sowie ihr gesamtes rechtes Hosenbein sind nass. Auf dem Boden liegt ein Topf in einer Lache mit dampfendem Wasser und einem Berg Spaghetti.

Schnell wird Anna und Paul klar, dass es sich hier nicht um eine Verbrennung, sondern um eine Verbrühung handelt, bei der teilweise andere Maßnahmen notwendig sind als diejenigen, die jeder von ihnen in Gedanken bereits vorgeplant hat.

„Hose und Sweatshirt ausziehen!", sagt Paul leise, aber bestimmt zu Anna, die ihn zuerst verwundert ansieht und dann gleich begreift, was Paul ihr sagen möchte.

„Alle mit kochend heißem Wasser übergossenen Kleidungsstücke müssen sofort entfernt werden, damit das heiße

Wasser nicht länger mit dem Stoff auf der Haut liegt", fällt ihr wieder ein.

„Ich schicke die anderen weg und halte mich im Hintergrund! Ist vielleicht nicht so passend, wenn ich darum bitte die nassen Klamotten auszuziehen", ergänzt Paul leise und ist jetzt doch froh, dass Anna dabei ist.

Während Paul die Schülerinnen, die nicht unmittelbar helfen können aus der Küche schickt, erfährt er, was genau passiert ist: Annabelle wollte einen Topf mit Spaghetti in ein Sieb abgießen, welches von Lucy über der Spüle gehalten wurde. Dabei ist Annabelle der Topf aus der Hand gerutscht und Lucy wurde kochend heißes Wasser über beide Arme und ihr rechtes Bein geschüttet.

„Hat Annabelle auch etwas abgekriegt?", fragt Paul die noch umstehenden Schülerinnen, die sich schweigend und fragend umsehen. „Die sitzt dahinten", erhält er als Antwort.

Jetzt erst sieht Paul die Schülerin, die ganz in der Ecke an der Fensterseite auf einem Stuhl sitzt, weint und sich von der Situation weggedreht hat. Zwei weitere Schülerinnen knien neben dem Mädchen und sprechen mit ihr. Auf seine Frage, ob sie auch etwas von dem kochend heißen Wasser abbekommen hat, schüttelt Annabelle nur schluchzend den Kopf und äußert sich selbst gegenüber weitere Vorwürfe, den Topf nicht richtig festgehalten zu haben.

Um Annabelle zu beruhigen, beginnt Paul damit, ihr zu erklären, wie Lucy gerade geholfen wird. Währenddessen geht er in Gedanken durch, ob Anna und er auch an alles gedacht haben: „1. Die mit heißem Wasser übergossenen Klamotten hat Lucy ausgezogen. 2. Anna hat Lucy auf einen Stuhl gesetzt, falls diese noch ein Kreislaufproblem bekommt. 3. Frau Koch und Anna kühlen Arme und Bein mit nassen Küchentüchern – a. zur Schmerzlinderung und b. damit die Verbrühung sich durch die noch sehr heißen Gewebe- und Hautschichten nicht noch weiter ausbreiten kann, sondern zurückgeht."

Beim Anblick des ebenfalls weinenden Mädchens, in T-Shirt und Slip, fällt Paul ein weiterer wichtiger Punkt bei der Erstversorgung von Patienten ein: Schirme diese von allen Zuschauern ab, gib ihnen ein Gefühl der Sicherheit und Geborgenheit. Leise, aber bestimmt bittet Paul nun auch Annabelle und die beiden anderen Schülerinnen, die noch dageblieben sind, aus der Küche.

Da die ersten Handgriffe und Maßnahmen getan sind, gilt es jetzt zu entscheiden, ob medizinische Hilfe angefordert werden soll. Dazu haben beide gelernt, wie sie den Schweregrad einer Verbrennung oder auch Verbrühung abschätzen können.

„Wie war das nochmal mit dem Verbrennungs- und Verbrühungsgrad, Anna, du hattest doch erst vor kurzem deine Ausbildung?", fragt Paul leise, nachdem er Anna zu sich gewunken hat.

„Der Sauber sagt, ab zweitem Grad, also Blasenbildung und starken Schmerzen sollen wir auf jeden Fall den Notarzt rufen!"

„Und wie sieht es aus?"

„Blasenbildung ist da ... und du siehst ja selbst, die Lucy weint vor Schmerz und zittert."

„Zittern wahrscheinlich wegen dem Schreck und ihr wird mit Sicherheit auch kalt. Vielleicht solltet ihr die Kaltwasserbehandlung etwas reduzieren. Also ich rufe jetzt den Notarzt. Wie viel Prozent der Körperoberfläche schätzt du sind betroffen?"

„Puh!? ..."

„Ich dachte du hattest gerade erst deine Ausbildung!"

„Hetz mich nicht!", leicht verärgert sieht Anna Paul an. „Die Handfläche des Patienten entspricht ca. 1% der Körperoberfläche", geht es ihr wieder durch den Sinn. ... „Ca. 15-20%", wendet sich Anna wieder leise an Paul, nachdem sie mit einem Blick auf die Hand und die Hautstellen an Armen und Bein von Lucy in Gedanken zusammengezählt hat.

„Also Verbrühungen ersten und zweiten Grades bei fast 20% der Hautfläche. Ich rufe jetzt an", flüstert Paul Anna zu.

Während Paul die Nummer der Notrufzentrale auf seinem Schnurlostelefon wählt, ruft er sich die wichtigsten Elemente beim Absetzen eines Notrufs nochmals ins Gedächtnis. Als sich die Notrufzentrale meldet, klappt Pauls Notruf wie von selbst. Die fünf W´s: **W**o ist der Notfallort; **W**as ist geschehen; **W**ie viele Verletzte; **W**elche Verletzungen und **W**arten auf Rückfragen sieht er vor seinem geistigen Auge und kann dadurch die wichtigsten Informationen in kürzester Zeit abgeben.

Paul und Anna wissen um die Entfernung der Schule zur Rettungswache. Beide sind sich im Klaren, dass sie noch mindestens eine Zeit von 10 Minuten zu überbrücken haben.

Während Anna mit der Kühlung der betroffenen Hautstellen fortfährt und Lucy davon berichtet, dass ein Rettungswagen unterwegs ist, schafft Paul die Voraussetzungen für weitere Hilfeleistungen: Zuerst sollte eine Person am Eingang der Schule aufgestellt werden, welche das Rettungsdienstpersonal schnell zum Notfallort führt. Dazu bestimmt Paul einen vor der Türe wartenden Schüler. Eine weitere Schülerin wird von Paul beauftragt im Sanitätszimmer zwei Wolldecken zu holen.

Jetzt hat Paul Zeit, nochmals nach Annabelle zu sehen. Diese ist mittlerweile noch blasser im Gesicht und zeigt alle Anzeichen eines Kreislaufproblems. Paul erinnert sich, dass es in einer Gefahren- oder Notsituation durch eine extreme psychische Belastung zu einer Weitung der Adern und Venen kommen kann. Dies geschieht vorwiegend in den Beinen. Das Blut „sackt ab" und fehlt an anderer Stelle im Körper. Wenn es dem Körper nicht mehr gelingt Blut an die lebenswichtigen Organe wie Hirn, Herz und Lunge weiterzuleiten, kann es einem Menschen schwarz vor Augen werden und der Mensch „kippt" dann einfach um.

Paul weiß aus eigener Erfahrung, dass dieses „Umkippen" oft sehr plötzlich passieren kann und sich viele Patienten beim Sturz noch zusätzlich verletzen. Daher müssen Patienten mit Anzeichen für einen Schock sofort hingesetzt oder besser noch hingelegt werden.

Paul breitet eine Jacke auf dem Boden aus und bittet Annabelle, sich auf den Rücken auf diese Jacke zu legen. Indem er ihre Füße auf einen herbeigebrachten Stuhl legt, stellt Paul die sogenannte Schocklage her.

„Durch das Anheben deiner Beine wird es dir bald besser gehen, denn dadurch kann sich dein Blut wieder besser im Körper verteilen", sagt Paul beruhigend zu Annabelle. „Und um Lucy musst du dir keine Gedanken machen, der wird durch Anna und Frau Koch geholfen. Außerdem ist ein Rettungswagen unterwegs."

Dies hätte Paul wohl besser nicht gesagt! Als Annabelle das Wort „Rettungswagen" hört, wird ihr Gesichtsausdruck wieder verzweifelter und sie beginnt erneut zu weinen.

„Na prima, manchmal ist es besser weniger zu sagen", denkt Paul.

„Bitte schaut weiter nach Annabelle", wendet sich Paul den beiden Schülerinnen zu, die Annabelle bereits betreut haben, „redet mit ihr und beruhigt sie etwas. Und besorgt noch zwei Jacken, mit denen ihr Annabelle etwas zudecken könnt. Aufgrund des Schocks ist ihr mit Sicherheit kalt! ... Ich schaue nochmal, ob ich Anna helfen kann."

In dem Moment kommt die Schülerin, die von Paul ins Sanitätszimmer geschickt wurde, ganz abgehetzt mit den beiden Wolldecken zurück. Diese beiden Wolldecken sind für Lucy bestimmt. Die Wolldecken sollen ihr Geborgenheit und Sicherheit zurückgeben und ihren Körper vor weiterer Auskühlung schützen.

Nachdem Paul Anna die Wolldecken gegeben hat, wendet er sich wieder Annabelle zu und versucht diese weiter zu beruhigen. Während er ihren Puls sowie ihren Blutdruck misst und ihr versichert, dass es Lucy immer besser geht, macht er sich bereits Gedanken, wie er dem Rettungsdienstpersonal die Situation und die bereits erfolgten Maßnahmen kurz schildern könnte. ... „Der Sauber spricht in so einem Fall immer von einer Übergabe des Patienten an den Rettungsdienst", fällt Paul wieder ein. „Wir sollen die Anamnese, also die Vorgeschichte des Patienten zum Unfall und zur bereits erfolgten Vorbehandlung kurz aber präzise mitteilen, damit die Rettungssanitäter nicht alles nochmals erfragen müssen." Während Paul noch bei Annabelle kniet, beginnt er bereits in Gedanken sich Sätze zurechtzulegen.

Während der ganzen Zeit hat Anna sich voll auf Lucy konzentriert. Sie hat stetig mit ihr gesprochen, alle an ihr durchgeführten Handlungen erklärt, sie davon unterrichtet, dass der Rettungswagen unterwegs ist. Die Kühlung der betroffenen Hautpartien wurde während der ganzen Zeit nie unterbrochen. Beim Einschlagen in die zwei Wolldecken hat sie Lucy und Frau Koch unterstützt.

Gerade als Paul beginnen möchte, mit Anna weitere erste Hilfe Maßnahmen zu besprechen, trifft der Rettungsdienst ein. Eine kurze und präzise Übergabe der Patientinnen durch Paul hilft dem Rettungsdienstpersonal sich schnell in der Situation zurechtzufinden und fachgerecht die weitere Versorgung einzuleiten.

Anna und Paul werden jetzt zu Beobachtern der Situation. Sie bemerken, wie die Anspannung der vergangenen Viertelstunde von ihnen abfällt und erkennen an der Reaktion der Einsatzkräfte, dass sie ihre Aufgabe als Ersthelfer gut erfüllt haben.

Der Rettungsdienst macht Lucy transportfähig und vergewissert sich über den Zustand von Annabelle. Lucy wird zur weiteren Behandlung auf einer Trage in den Rettungswagen und danach ins Künzelsauer Krankenhaus gebracht. Annabelle kann in der Obhut der Schulsanitäter gelassen werden.

Mit einer anerkennenden Geste verlassen Notarzt und Sanitäter die Schule: „Wirklich toll habt ihr das gemacht!"

Der Einsatz der Schulsanitäter ist damit jedoch noch nicht zu Ende. Annabelle wollen sie ins Schulsanitätszimmer bringen. Dort soll Annabelle auf der Liege verweilen, bis sie glaubt, wieder am Unterricht teilnehmen zu können. In Absprache mit Frau Koch wird Annabelle freigestellt, auch zu Hause anzurufen und sich abholen zu lassen. Zur weiteren Betreuung im Sani-Zimmer wird eine Freundin von Annabelle gebeten.

Während Anna dies alles in die Wege leitet, bringt Paul den Notfallkoffer wieder in Ordnung. Das Blutdruckmessgerät und das Stethoskop müssen wieder eingeräumt werden. Außerdem hatte Paul in der Aufregung zwei Brandwundenpäckchen ausgepackt. Da diese nicht zum Einsatz kamen, legt er diese in die Kiste mit den Übungsmaterialien und packt zwei neue, steril abgepackte in den Notfallkoffer. Auch vergisst er nicht, dies auf der Liste für Nachbestellungen zu vermerken. Danach gehen beide zurück in ihr Klassenzimmer und versuchen wieder am Unterricht teilzunehmen, was beiden nach dem gerade Erlebten jedoch schwerfällt.

Dass der Rettungswagen an der Schule war, haben ihre Klassenkameraden nicht bemerkt, da ihr Klassenzimmer am anderen Ende der Schule liegt. „Gut so", denkt Paul, „so ersparen wir uns Fragen, die wir zum Schutz der Privatsphäre des Patienten ohnehin nicht beantworten dürfen."

<u>16.49 Uhr</u>

„Hast du in den letzten beiden Stunden vom Unterricht was mitgekriegt?", fragt Anna Paul. „Ich habe die ganze Zeit an den Notfall und an Lucy denken müssen."

„Wenig. So einen großen Notfall mit Rettungswagen hatte ich auch noch nie!"

„Ob mit der Lucy auch alles O. K. ist?"

„Bestimmt, du warst echt klasse! Dein erster Tag in der Rufbereitschaft, dann so ein großer Notfall, du warst echt souverän. Der Sauber hat recht gehabt."

„Mit was recht gehabt?", fragt Anna mit neugierigem Blick.

„Dass du echt super bist, das hat er wohl gleich bei der Ausbildung in den Ferien gesehen. Aber genug gelobt. Wir haben noch einiges zu tun. Was jetzt kommt, muss ich als Altsani dir beibringen."

Nach der zehnten Stunde endet für Anna und Paul die Notfallbereitschaft. Doch auch jetzt liegen noch einige Aufgaben vor ihnen. Zuerst muss der Notfallkoffer zurück ins Sanitätszimmer gebracht, die Wolldecken müssen zusammengelegt und wieder verwahrt sowie das Schnurlostelefon zurück in die Ladeschale gelegt werden, damit dieses am kommenden Tag wieder einsatzklar ist. Danach gilt es für jeden versorgten Patienten ein kurzes Notfallprotokoll anzufertigen und dieses abzuheften.

„Wieso denn ein Notfallprotokoll ausfüllen?", will Anna wissen. „Eigentlich bin ich jetzt echt geschafft und will momentan nur Heim!"

„Ein Notfallprotokoll anzufertigen ist aus zwei Gründen sehr wichtig: Erstens sollen wir dabei nachdenken, was wir genau gemacht haben und was wir beim nächsten Mal, falls es wieder zu einem ähnlichen Notfall kommen sollte..."

„... noch besser machen könnten", fällt Anna Paul ins Wort.

„Genau. Und zweitens nimmt der Sauber die Notfallprotokolle immer als Gesprächsanlass bei unserer Dienstbesprechung. So bekommen die anderen im Sanidienst mit, was passiert ist und wir sprechen nochmals gemeinsam darüber, wie eine optimale Hilfeleistung in so einem Fall auszusehen hat und werden dadurch natürlich immer besser. Als Notfallprotokoll haben wir ein Formblatt. Ausfüllen geht schnell. Du wirst sehen!"

Zwischen Zufriedenheit und Niedergeschlagenheit

17.11 Uhr

Nachdenklich macht sich Paul auf den Heimweg. „Jetzt müsste ich eigentlich noch für Mathe lernen. Wäre ich am Wochenende nur nicht so faul gewesen! ... Ob Beate schon zuhause ist?"

Beate Klein ist Pauls Mutter. Paul hat seit seinem zwölften Geburtstag damit angefangen seine Mutter beim Vornamen zu nennen, da er es „peinlich" findet Mama zu sagen.

„Haben wir überhaupt noch etwas im Kühlschrank?", denkt Paul.

Nachdem sich Pauls Eltern getrennt hatten, hatte Beate Klein wieder begonnen ganztags zu arbeiten. Oft sogar bis spät in den Abend, wenn ihr Chef es verlangte. Da bleibt natürlich wenig bis keine Zeit um noch einkaufen zu gehen und die Hausarbeit bleibt liegen und liegt zu einem großen Teil auch in Pauls Verantwortung.

Paul liebt seine Mutter über alles. Seinem Vater hat er nie verziehen, die Familie verlassen zu haben. Von seinem Vater hat Paul nie wirklich etwas gehabt. Sein eigenes Leben, sein Altherrenfußball, die Kneipe am Eck und immer machen, was er will... waren Gerd Klein schon immer wichtiger als seine Frau oder sein Sohn. Irgendwann kam der Vater dann plötzlich nicht mehr nach Hause. Irgendwo im Ausland als Aussteiger lebend ist der Kontakt völlig abgebrochen. An seinem ersten Geburtstag ohne Vater hat Paul auf eine Karte oder einen Anruf seines Vaters gehofft. Als keine Karte und kein Anruf kam, hoffte Paul, dass die Karte nur etwas länger auf dem Postweg brauchen würde. Er wartete fast vier Wochen.

Ganz früher hatte Paul es sich immer gewünscht, dass sein Vater wieder zurückkommt. Dass er Zeit mit ihm verbringt, ins

Fußballstadion geht, zum Schwimmen, ihm Federballspielen beibringt, Paul hilft, wenn er etwas nicht kann.

„Warum gibt es so wenige Väter, die sich Zeit für ihre Kinder nehmen?", denkt Paul und sieht dabei auch die Väter vieler seiner Freunde. „Wenn wir groß sind brauchen wir euch nicht mehr!", sagt er vor sich hin. „Na zumindest haben die einen Vater, der da ist, auch wenn sie wenig oder oft auch keine Zeit haben!"

„Egal", sagt Paul, immer noch vor sich hin redend, „wir schaffen es auch ohne!"

Der anfängliche Wunsch, der Vater solle doch wieder zurückkommen schlug schon bald ins Gegenteil um.

„Wenn dieser Mensch irgendwann einmal wieder kommen würde, so würde er ihn ignorieren", nimmt er sich zum x-ten Male vor.

Zuhause angekommen fängt Paul an den Tisch fürs Abendessen zu decken. Wenn er und seine Mutter schon morgens und mittags keine Zeit haben gemeinsam zu essen, so ist ihm dies abends besonders wichtig.

„Butter, Wurst und Käse lasse ich noch im Kühlschrank. Wird bestimmt wieder später bei Beate", denkt Paul und macht sich daran seine Matheaufgaben zu erledigen.

<u>19.52 Uhr</u>

Mit wenig Begeisterung hat Paul seine Aufgaben fertiggestellt, die Schultasche für den morgigen Tag gepackt und vor Langeweile im Netz zu chatten begonnen.

Seine Mutter hat er nach 19 Uhr telefonisch versucht im Büro zu erreichen. Nachdem dort niemand mehr abgenommen hat, hat er es auch auf dem Handy seiner Mutter probiert.

„Schon wieder", stellt er leicht verärgert fest, als er dieses aus dem Flur klingeln hört. Pauls Mutter hatte wieder einmal ihr Handy zuhause liegen lassen.

Mit knurrendem Magen, aber dem festen Willen mit dem Abendessen auf die Rückkehr seiner Mutter zu warten, hat Paul es sich vor dem Fernseher bequem gemacht.

Ohne die Fernsehbilder wahrzunehmen, geht ihm der heutige Tag nochmals durch den Kopf und eine tiefe Zufriedenheit über die gelungene Rettungsaktion lässt ihn auf dem Sofa einschlafen.

23.47 Uhr

Im dunklen Wohnzimmer schreckt Paul hoch. „Wie spät ist es?", fragt sich Paul. „Der Fernseher ist aus und zugedeckt bin ich auch! Beate muss heimgekommen sein. Warum hat sie mich nicht geweckt?"

Durch das Wohnzimmerfenster scheint noch das Licht der Straßenlampe. „Also noch vor 0 Uhr", bemerkt Paul. Im Halbdunkel sieht er den gedeckten Tisch und an sein Glas gelehnt einen Zettel.

„Tut mir leid mein Großer, ich musste noch zu einem Meeting mit Kunden, konnte dich nicht erreichen. Hatte mein Handy vergessen. Wollte dich nicht wecken, du hast so friedlich geschlafen. Schreibe dir diese Zeilen, da ich morgen sehr früh weg muss. Rufe dich mittags an. Versprochen! Deine Mum", liest Paul.

Auf dem Weg ins Bett wirft Paul einen Blick in das Schlafzimmer seiner Mutter, die wieder einmal unruhig zu schlafen scheint. Paul versucht zu verstehen, was seine Mum im Schlaf sagt, aber es ist wie immer zu undeutlich, nur manchmal kann er seinen Namen heraushören und ein „…es tut mir Leid."

„Dir braucht nichts Leid zu tun", flüstert Paul. „Soweit ist alles O.K.", denkt er und merkt, wie wenig eigentlich O.K. ist. Sein Vater ist abgehauen; die Großeltern väterlicherseits waren bereits vor seiner Geburt verstorben, die Eltern seiner Mutter als er noch ganz klein war; der Vermieter der Wohnung ein griesgrämiger Mensch, dem nichts recht zu machen ist; eine Freundin hat Paul auch noch nicht gehabt und keine ist in Aussicht; in der Schule könnte es jetzt in der neunten Klasse eng werden, was Pauls Versetzung angeht. „Alles Sch…", denkt Paul.

Wie gerne hätte Paul einen Vater, einen Großvater, einen erwachsenen Freund. Einen, der ihm mal die Meinung sagt, wenn er Mist gebaut hat und nicht nur immer in Schutz nimmt, wie seine Mum dies bisher immer tat. Einer, der einem einen Ratschlag gibt oder einfach mal sagt: So wird es jetzt gemacht. Einer, der Paul die Richtung vorgibt, sich positioniert, was richtig und was falsch ist. Nicht nur in der Schule, wie der Sauber das macht, sondern auch im wirklichen Leben, hier zuhause.

Gerade in diesem Moment fehlt ihm eine Person ganz besonders. Eine Person, die viele Jahre seines Lebens mitbestimmt hat, obwohl diese Person für andere nicht sichtbar war und früher nur in Pauls Träumen erschien. Im wirklichen Leben hat Paul diese Person nie wirklich kennengelernt, zumindest hat Paul keine Erinnerung mehr an sie. Es ist sein Großvater mütterlicherseits. Immer wenn Paul früher dringend einen Rat brauchte, dann erschien ihm sein Großvater im Traum. Dort sah er genauso aus, wie auf den Bildern, die Paul wie einen Schatz hütet. Dies sind Bilder, auf denen der Großvater mit ihm spielt, ihn durch die Luft wirbelt, Bilder auf denen er als Baby friedlich im Arm seines Großvaters schläft.

„Dann kam der Tag", so erzählte Pauls Mum früher häufig mit gefasster Stimme, aber stets Tränen in den Augen, „an dem Gott Opa und dann Oma zu sich holen wollte." Später hat er dann erfahren, dass sein Großvater bei dem Versuch, jemand anderem zu helfen umgekommen war oder „umgebracht" wie Paul es stets nannte; wenn er an diesen Tag im März vor fast dreizehn Jahren zurückdachte.
An diesem Tag wurde eine junge Frau mit einem Baby von zwei jungen Männern bedrängt. Als sie um Hilfe rief und bat, haben viele

Menschen nur unbeteiligt weggesehen und sind schnell weitergegangen. Sein Großvater war der einzige, der eingeschritten ist. Als die jungen Männer dann auf seinen Großvater einschlugen, hat keiner geholfen. Als die beiden danach weggerannt sind, ist keiner hinterher. Als sein Großvater blutend auf der Straße lag, hat sich keiner darum gekümmert. Lediglich stehengeblieben sind einige und haben sich den alten Mann, der regungslos am Boden lag, betrachtet. Erst als die junge Frau darum flehte einen Krankenwagen zu rufen, war ein Passant bereit dies zu tun und dem Großvater so gut er konnte zu helfen. Die Hilfe kam jedoch zu spät.

Seine Großmutter, die diesen Verlust nicht verarbeiten konnte, wachte ein paar Tage später morgens einfach nicht mehr auf.

Früher, als er an dieses schreckliche Ereignis, an diesen „Mord" und die Folgen für seine Großmutter, seine Mutter und ihn dachte, überkam ihn immer ein unbändiger Hass. Er malte sich aus, wie es sein würde, wenn er die beiden nach ihrer Gefängnisstrafe ausfindig gemacht hätte, was er ihnen sagen, vielleicht auch antun würde.

Heute hat er diesen beiden Menschen zwar nicht verziehen, aber er hat die Tat als geschehen akzeptiert.

„Vergangenheit lässt sich nicht mehr verändern. Aber unsere Zukunft. Und diese wiederum nur durch unsere Taten in der Gegenwart! Auch darum bin ich Schulsanitäter geworden!", denkt Paul.

Früher hat sich Paul abends im Bett oder wenn er alleine war häufig mit seinem Großvater unterhalten. Diese Gespräche waren so intensiv, dass er bald glaubte, der Großvater sei wirklich noch da. Seine Mutter hatte dies zunächst ohne darauf einzugehen zur Kenntnis genommen, dann aber Angst bekommen, als es immer mehr wurde. Als Paul den Tisch für den Großvater mit deckte, eine Schlafgelegenheit für den Großvater im Zimmer herrichtete, und sich nicht mehr mit Freunden traf.

Da war Paul gerade neun Jahre alt. Nach einigen Besuchen beim Arzt und einer Psychologin hat Paul dann seiner Mutter versprochen nicht mehr mit Großvater zu sprechen. Der Umzug, weit weg von zuhause, nach Künzelsau und der Besuch der weiterführenden Schule an einem anderen Ort sollte Paul hierbei helfen. Auch sollte es helfen, zu vergessen, was war. Dass Paul hin und wieder noch von seinem Großvater träumt, sich im Traum mit diesem unterhält, hat Paul seiner Mutter nie erzählt.

„Gute Nacht Mum", flüstert Paul leise. „Gute Nacht Großvater", denkt Paul und schläft dabei ein.

Clara verletzt sich

Dienstag, 5. Oktober, 9.03 Uhr

„Aua!", schreit Clara laut, hält sich die Hand und läuft mit schmerzverzerrtem Gesicht vom Spielfeld.
„Geh schnell in die Umkleidekabine und lass kaltes Wasser über deine Hand laufen", meint Frau Klaiber, Claras Sportlehrerin.

Frau Klaiber unterrichtet die 8a in Sport und hat mit den Mädchen nach den großen Ferien eine Volleyballeinheit begonnen. Beim Pritschen hat Clara den Ball auf den gestreckten Zeigefinger bekommen.

„Sollen wir nicht die Schulsanitäter rufen?", fragt Mia, die mit Clara in den Waschraum bei den Umkleidekabinen gegangen ist. „Clara hat richtig starke Schmerzen!"
Gemeinsam mit Mia betrachtet Frau Klaiber den geröteten und bereits leicht angeschwollenen Finger. „Mit Sicherheit eine Verstauchung. Standardverletzung beim Volleyball. Ein Fall bei dem unsere Schulsanitäter helfen können und ich kann mich weiter um die Klasse kümmern", denkt Frau Klaiber.

„Mia, bitte gehe in den Regieraum, rufe unsere Sanis an und mache folgende Meldung: Verletzung an der Hand, vermutlich Verstauchung eines Fingers, Hallenteil eins in der Sporthalle!"

Fast ein Schuljahr lang hat es gedauert, bis die Lehrerinnen, Lehrer und die Schulsekretärin an der Schloss-Schule Künzelsau endlich damit angefangen haben, nicht immer gleich selbst zu helfen (weil es ja viel schneller geht), sondern dies die Schulsanis machen lassen. In einigen Konferenzen und Briefen hat Peter Sauber darauf hingewiesen, dass den Schulsanitätern auch Gelegenheit gegeben werden muss, ihr Handlungswissen in realen Situationen anzuwenden. Auch wenn es sich nur um Kleinigkeiten handelt. Gerade diese Kleinigkeiten, ein Pflaster, ein Fingerkuppen-Verband, das Auflegen eines Eisbeutels, das Entfernen eines Spreißels, die Betreuung eines Patienten im Sani-Zimmer etc. sorgen dafür, die erste Scheu im Umgang mit einem Patienten abzulegen. Bald haben die Lehrerinnen und Lehrer in Künzelsau auch bemerkt, dass sich die Schulsanis in erster Hilfe wirklich auskennen und auch sie selbst noch einiges dazulernen können. So wird seit mittlerweile einem Jahr der Schulsanitätsdienst bei jedem Notfall und sei dieser auch noch so klein, gerufen.

<u>9.06 Uhr</u>

Laut schrillt das Schnurlostelefon an Pauls Gürtel. Paul und Anna haben gerade Englisch und sind über die „Störung" dankbar. Schnell gehen sie vor die Türe ihres Klassenzimmers und erfahren, wo ihr Einsatzort ist. Als Anna bereits Richtung Sporthalle losrennen will, hält Paul sie vorwurfsvoll auf.

„Sportverletzung, Anna! Was brauchen wir?"

„… Eis! Sorry Paul", sagt Anna und ärgert sich, dass sie nicht daran gedacht hat.

Mit einem belehrenden Unterton fährt Paul fort: „Immer cool bleiben, sagt der Sauber! Erst überlegen, was wir bei dem Einsatz brauchen und wenn wir es in unserer Sani-Tasche nicht sowieso dabeihaben im Sani-Zimmer holen. Dann zum Notfallort."

Nachdem Anna und Paul ihre Sani-Tasche mit zwei Cold-Packs bestückt haben, machen sie sich zügig Richtung Sporthalle auf den Weg.

„Hat der Sauber mit euch über Sportverletzungen gesprochen?", will Paul von Anna wissen.

„Nur ganz kurz, da er nach den Herbstferien noch eine extra Fortbildung zu Sportverletzungen mit uns machen will."

„Also, dann pass mal genau auf: Wenn man eine Sportverletzung hat, dann hat man PECH gehabt!", erklärt Paul im Laufen. „PECH ist eine *Eselsbrücke*. Die einzelnen Buchstaben von PECH stehen für **P**ause machen, **E**isbehandlung, dem englischen Wort **C**ompression, damit ist gemeint, einen leichten Druck auf die verletzte Stelle auszuüben, damit das Anschwellen etwas reduziert wird und **H**ochlagern, damit weniger Blut dorthin fließt und das Körperteil weniger rasch anschwillt."

Nachdem Paul mit seinen Ausführungen zum Ende gekommen ist, treffen beide in der Sporthalle ein. Frau Klaiber bittet die beiden in die Umkleide zu Clara und Mia zu gehen.

„Clara!", denkt Paul. „Die supersüße Clara aus der 8a. Wie sehe ich überhaupt aus! Gerade heute habe ich mein ältestes T-Shirt und auch noch eine Jeans mit Flecken an, weil Beate nicht zum Waschen gekommen ist. Mist, Mist, Mist!"

Schon seit über einem Jahr hat Paul ein Auge auf Clara geworfen. Clara ansprechen hat er sich noch nie getraut und stattdessen immer gehofft, sie würde ihn bemerken. Bemerken, wie er vor der Schule und in der großen Pause sich immer wieder in ihrer Nähe aufhält. Ohne natürlich so auffällig hinzusehen oder dazustehen, dass es auffällt, dass er Interesse an ihr hat. Immer wieder hat er gehofft, dass sich eine Gelegenheit bietet, einmal ins Gespräch zu kommen. Und jetzt ist diese da und Paul fühlt sich gänzlich unvorbereitet. Noch dazu falsch angezogen!

Nur zögerlich geht Paul hinter Anna in die Umkleide. Dort steht Clara schluchzend am Wasserhahn und hält weiter ihren Finger unter das kalte Wasser. Während Anna Clara bittet sich zu setzen und zu erzählen, was genau passiert ist, steht Paul nur da und betrachtet das hübsche Mädchen.

„Paul! Eis!", die energische Stimme von Anna holt Paul aus seinen Gedanken zurück. Ohne etwas zu sagen, gibt Paul Anna einen Eisbeutel.

„Und die Stoffhülle, Paul!"

Ein leises „Sorry" stammelnd, kramt Paul in der Sanitätstasche und holt einen kleinen Stoffbeutel hervor, in den das Cold-Pack gelegt wird, da Eis nie direkt mit der Haut in Berührung kommen sollte, um Erfrierungen an der Haut zu vermeiden.

Während Anna das Cold-Pack vorsichtig um Claras Finger legt (**E**isbehandlung), erklärt sie ihr ganz genau, warum sie diese Maßnahme durchführt. Ebenfalls erläutert sie ihr, warum Clara selbst einen ganz leichten Druck auf die verletzte Stelle ausüben soll, indem sie um den Cold-Pack mit der anderen Hand greift (**C**ompression) und warum sie die Hand nicht nach unten hängen lassen soll (**H**ochlagern).

Paul steht weiterhin wortlos dabei und nickt nur, wenn Anna nach einer Ausführung zur Bestätigung Pauls Blick sucht.

Nach ungefähr fünf Minuten Kältebehandlung hat auch Paul seine Stimme wieder gefunden. Er erklärt ganz ruhig, dass Anna eine neue Schulsanitäterin ist und er lediglich dabei ist, um zu helfen, wenn Anna nicht mehr weiterweiß.

Aufgrund der Eisbehandlung ist Claras Finger nicht weiter angeschwollen. Zudem haben die Schmerzen nachgelassen. Jetzt geht Paul auf das „P" von PECH ein.

„Du solltest jetzt auf keinen Fall mehr weitermachen! Nach so einer Verstauchung ist es notwendig und sinnvoll eine Pause zu machen. Diese Sportpause sollte so lange dauern bis du schmerzfrei bist!"

Clara nickt zustimmend.

„Falls du zuhause eine Creme für Sportverletzungen hast, dann kannst du diese ruhig mehrmals täglich auftragen", fährt Paul fort und ist glücklich über diese zufällige Begegnung, die es ihm ermöglicht hat nun einmal mit Clara zu reden. Morgen hat er einen Grund Clara wieder anzusprechen. Sie zu fragen, wie es ihr geht und so weiter mit ihr ins Gespräch zu kommen. Von jetzt an würde er Clara immer auffallen, egal wo er war und er könnte sie, ohne einen Vorwand suchen zu müssen, immer ansprechen. Dieser Gedanke beflügelt Paul. Zufrieden lächelnd verlässt er die Umkleide Richtung Sporthalle.

Bevor sich Anna und Paul wieder in Richtung Klassenzimmer aufmachen, berichten sie noch Frau Klaiber, was sie unternommen und Clara geraten haben.

<u>9.26 Uhr</u>

Mittlerweile ist auch die große Pause vorbei. Anna hat das zweite Cold-Pack zurück ins Eisfach gelegt und ist zurück ins Klassenzimmer gegangen.

Das zurückhaltende Verhalten und das besonders bedachte und mit wählerischen Worten geführte Gespräch ihres Klassenkameraden ist ihr nicht entgangen. „Die Clara gefällt Paul", bemerkt sie schmunzelnd.

Der Dienstag geht ohne weitere Vorkommnisse zu Ende. Paul hat registriert, dass Clara schon früher nach Hause gegangen ist. Die Mittagspause wird er heute alleine verbringen. Sein Freund Maxi wird zuhause essen. Maxi ist verärgert darüber, dass er nur dann in der Stadt etwas essen darf, wenn er Mittagschule hat und ansonsten nach Hause kommen muss. Dort isst er dann gemeinsam mit seiner Schwester, seiner Mutter und häufig auch seinem Vater zu Mittag.

Paul wäre froh, wenn es ihm so ginge, hat dies Maxi aber noch nie gesagt und sich stattdessen lieber cool gestellt und sich dahingehend geäußert wie toll es ist „essen zu gehen", wohin und wann man will und nicht so spießig „in Familie" den Mittag und das Mittagessen verbringen muss.

Ein brutaler Schläger

<u>Mittwoch, 6. Oktober, 7.17 Uhr</u>

Wie aus dem Nichts lässt ein heftiger Stoß Paul gegen die Wand der Sporthalle fallen. Bevor er sich orientieren kann, woher dieser Stoß kam, erhält Paul einen Schlag auf den Kopf, der ihn zu Boden gehen lässt.

Schützend hält sich Paul Arme und Hände über den Kopf und versucht sich mit den Beinen das vom Leibe zu halten, was ihn auf seinem Schulweg, der hinter der alten Sporthalle vorbeiführt, angefallen hat.

Statt weiteren Schlägen hört Paul nur lautes Gelächter.

Jetzt erst erkennt er Anton, umringt von zweien seiner „Helfer". Diese stehen im Kreis um Paul.

„Ah, der Rettungsengel möchte wohl wegfliegen", sagt Anton mit einem Grinsen im Gesicht. „Aber fliegen kann der Engel genauso wenig wie er helfen kann!", fährt Anton mit nun immer lauter werdender Stimme fort. „Du bist die größte Pfeife von diesen Lachnummern an Schulsanitätern!", schreit Anton mit nun hochrotem Kopf und gibt dem am Boden liegenden Paul einen Tritt in die Hüfte.

Bevor Anton noch etwas sagen kann, kommt ein weiterer seiner „Helfer" angerannt und löst die Situation mit dem Hinweis „Da kommt wer!" auf.

Im Weggehen zischt Anton Paul unmissverständlich zu, dass wenn er etwas über diesen „Zwischenfall" sagen sollte, ihm dies schlecht bekommen wird, und dass er noch nicht mit Paul fertig sei!

Die drei Fünftklässlerinnen, die wie Paul täglich die Abkürzung hinter der alten Sporthalle benutzen, haben nicht bemerkt, wie sich die vier Jungs in anderer Richtung aus dem Staub gemacht haben.

Mit dem Kopf an der Sporthallenwand, auf dem Rücken im Dreck liegend, gibt Paul ein Bild ab, das den dreien eher Angst macht. Erst als Paul aufsteht und sagt, dass alles O.K. ist und er nur ausgerutscht ist, gehen die drei in Richtung Schule weiter.

„Was war das?" Eine Träne unterdrückend steht Paul da. Hose, Jacke und Hände mit Schlamm beschmiert, da es in der Nacht heftig geregnet hatte. So brutal hatte er Anton noch nie erlebt. Er wusste zwar, dass Anton gerne droht und es auch schafft bei anderen Angst zu erzeugen. Aber was hatte er Anton getan?

So kann Paul unmöglich in die Schule! Und heute hat er seine beste Hose und die gute Jacke an, die er eigentlich nicht in die Schule anziehen soll. Heute wollte er mit Clara reden, wie es ihr ginge, die ersten persönlichen Kontakte knüpfen, aus denen mehr entstehen sollte. Und jetzt steht er da, wie ein Häufchen Elend und die Schule fängt auch gleich an.

Mit einer Mischung aus Wut, Traurigkeit und vielen Fragezeichen macht sich Paul wieder auf den Heimweg, um sich umzuziehen.

8.11 Uhr

Kurz vor dem Ende der ersten Stunde ist Paul wieder in der Schule. Zwar sauber angezogen, jedoch mit einer dicken Beule am Hinterkopf und einer roten Schläfe und einem Auge, das von Minute zu Minute blauer wird. Auf dem Weg zur Schule hat er sich überlegt, wie er sein Zuspätkommen entschuldigen könnte und was für eine Ausrede er für sein Aussehen haben könnte. Er hat auch darüber nachgedacht gleich zur Schulleitung zu gehen und von Antons Überfall zu berichten. „Aber was wird das bringen?" Anton würde ins Rektorat einbestellt und dort alles abstreiten. Dann hätte er bestimmt auch kein Problem eine ganze Menge an Zeugen zu finden, die bestätigen können, dass er zur fraglichen Zeit bereits an der Schule und gar nicht hinter der alten Sporthalle gewesen sein konnte. Dann steht Aussage gegen Aussage, die Schulleitung kann nichts machen und Anton hat es nur noch mehr auf ihn abgesehen.

„Was hat dieser gesagt als ich am Boden lag?", überlegt Paul. „Ich bin der dümmste von allen Schulsanitätern?" Anton hatte sich seit jeher über die Schulsanis lustig gemacht. Für andere da zu sein, anderen beizustehen, wenn diese Hilfe benötigen, ist für Anton ein Fremdwort, da es ja nur Anton in Antons Welt gibt.

„Aber was hat meine Tätigkeit im Schulsanitätsdienst mit Antons Wutausbruch zu tun?"

Der Gong zum Ende der ersten Stunde holt Paul aus seinen Gedanken. Die Tür wird aufgerissen und die ersten seiner Mitschüler verlassen das Klassenzimmer so, als ob sie schon sechs Stunden Schule hinter sich hätten.

Am Pult steht noch Herr Sauber und trägt gerade ins Tagebuch ein. Als Paul das Klassenzimmer betritt sieht er, wie Anton noch auf seinem Platz sitzend, ihn mit finsterem Blick ansieht und eine Geste mit seinem Zeigefinger macht. Anton hält den Zeigefinger kurz vor seinen Mund um Paul zu signalisieren, dass er ja den Mund halten soll. Dann wandert der Zeigefinger zu Antons Hals und macht die

„Kopf-ab-Geste". Dabei blickt Anton Paul mit funkelnden, leicht zugekniffenen Augen an.

Paul setzt seinen Weg zu Herrn Sauber fort, entschuldigt sich für sein Zuspätkommen. Murmelt etwas von „verschlafen" und dann „unter der Dusche ausgerutscht".
Herr Sauber sieht sich die Schwellung in Pauls Gesicht an und fragt, was Paul bereits als erste Hilfe Maßnahme gemacht hat. Die Arnika Globuli, kleine Kügelchen mit bestimmten Inhaltsstoffen aus der homöopathischen Medizin, welche seine Mutter im Schrank hat, hat er bereits genommen und zuhause die Schwellung am Auge bereits gekühlt.
Herr Sauber bittet Paul sich für die nächste halbe Stunde ins Sanitätszimmer zu legen und dort die Stelle mit einem Cold-Pack weiter zu kühlen. Ebenfalls solle er in der großen Pause im Sanitätszimmer diese Behandlung wiederholen.
„Aber du weißt ja selbst, wie du dir diesbezüglich am besten helfen kannst und was du tun sollst, wenn es nicht besser wird! Und bitte denk daran, den Aufschrieb der ersten Stunde nachzuholen!" Mit einem „Tschüss" an die ganze Klasse und einem „Wenn es definitiv nicht besser wird, dann komm nochmal zu mir" an Paul verlässt Herr Sauber das Klassenzimmer.

Die ganze Zeit hat Anton Paul nicht aus den Augen gelassen. Auch hat er versucht so viel wie möglich vom Gespräch mitzubekommen. „Wehe dieses Rettungswürstchen sagt auch nur ein Wort", zischt Anton leise, aber für seine Helfer vernehmlich vor sich hin.

Jetzt, da Herr Sauber Richtung Türe verschwindet, legt sich Anton genüsslich zurück. Seine Drohung hat Wirkung gezeigt. Paul hat sich nicht getraut von heute Morgen zu berichten.

Auch Anna und vor allem Maxi, der heute Morgen für Paul in der Rufbereitschaft eingesprungen ist, haben Teile des Gesprächs mit Herrn Sauber mitbekommen.

„Du siehst nicht gut aus Paul. Sollen wir ins Sani-Zimmer mitgehen?", fragt Maxi. Auch Anna nickt zustimmend.

Wortlos schüttelt Paul den Kopf und verlässt mit einem kurzen „Danke, geht schon" das Klassenzimmer in Richtung Sanitätsraum.

8.48 Uhr

Die halbe Stunde alleine im Sani-Zimmer hat Paul wieder einigermaßen zu sich kommen lassen. Die Frage, warum Anton ihn so brutal angefallen hat, versucht er zu verdrängen. Vorgenommen hat er sich, erst nach der Schule mit Maxi über den Vorfall von heute Morgen zu reden. „Dann kann auch Maxi mit mir nach Hause laufen", denkt Paul. Paul hat sich auch entschieden, heute einen ganz anderen Weg als gewohnt zurück nach Hause zu nehmen.

Auf Sani-Dienst hat er momentan keine Lust mehr. Ein Sani, der selbst aussieht wie ein Verletzter und auf Fragen wie „Was ist dir denn passiert?" will Paul verzichten.

Maxi will er während der großen Pause bitten für ihn heute weiterzumachen, vielleicht auch morgen.

9.06 Uhr

Mit Beginn der großen Pause ist Paul darauf bedacht, das Klassenzimmer schnell zu verlassen. Er möchte Anton hinter sich wissen und hat momentan kein Interesse Anton auch hier an der Schule wieder in die Hände zu laufen. „Auch wenn Anton es nicht wagen wird mir hier etwas zu tun, sonst kann er seine Sachen packen und sich eine neue Schule suchen, bei all dem, was er sich hier bereits geleistet hat", denkt Paul. „Obwohl, schön wär´s, dann müsste ich diesen Idioten nicht mehr sehen! ... Vielleicht könnte ich ja etwas inszenieren?", kommt ihm in den Sinn.

„Bis gleich am Sanipunkt", ruft Paul Anna und Maxi zu, während er das Klassenzimmer wieder Richtung Saniraum verlässt.

Während Paul sein Auge und abwechselnd die Beule am Hinterkopf mit einem frischen Cold-Pack kühlt, betrachtet er sein Gesicht im Spiegel des Saniraums. „Nein", so will er Clara heute nicht ansprechen! Mit dem Cold-Pack in der Hand geht Paul ans Fenster des Saniraums um Clara wenigsten zu sehen.

Der Sanitätsraum der Schloss-Schule liegt im ersten Stock und erlaubt einen guten Blick auf den Schulhof. Von dort kann Paul Anton sehen, der es sich am Rande des Schulhofs mit seinen Leuten auf einer Bank bequem gemacht hat. Auch Anna und Maxi kann er am Eingang zum Pausenhof, dem Sanipunkt, stehen sehen.

Dort ist die Stelle, wo sich die diensthabenden Schulsanitäter während der großen Pause und zu bestimmten Zeiten auch in der Mittagspause aufhalten. Alle Schüler wissen das und können bei Verletzungen dort um Hilfe bitten, so wie der Fünftklässler „der wohl auf die Hände gestürzt ist", denkt Paul und sich gerade eine Handfläche von Anna verbinden lässt.

„Da ist Mia, der Schatten von Clara", freut sich Paul. Wo Clara ist, ist eigentlich auch immer Mia. Daher findet Paul die Bezeichnung „Schatten" angebracht. Doch so sehr sich Paul auch vom Fenster des Saniraums aus umsieht, er kann Clara nicht entdecken.

Nachdem Paul den Cold-Pack ins Eisfach zurückgelegt hat, macht er sich auf den Weg zu Anna und Maxi. Maxi ist keineswegs davon abgeneigt heute die Sani-Schicht von Paul komplett zu übernehmen, da er sich in der Nähe von Anna sehr wohlfühlt.

„Nur in der Mittagspause treffen, das geht nicht Paul", sagt Maxi. „Mein Vater kommt heute auch zum Mittagessen und du weißt doch, was ich für einen Ärger bekomme, wenn ich nicht rechtzeitig zuhause bin! Aber gerne heute Nachmittag. Ich ruf dich nach dem Essen an."

Der Vormittag endet ohne weitere Vorkommnisse. Anna und Maxi müssen zu keinem weiteren Notfall. Paul wird auf sein Aussehen noch zwei- bis dreimal angesprochen, bis sich dann in der Klasse die Version vom „in der Dusche ausgerutscht" herumgesprochen hat. Um Anton nach der Schule ja nicht in die Hände zu laufen, simuliert Paul eine Viertelstunde vor Schulende starke Kopfschmerzen und darf dann früher nach Hause gehen. Als er die Klasse verlässt, sieht er noch das verärgerte Gesicht von Anton, der sich wohl vorgenommen hatte, Paul gleich wieder abzupassen.

Der Plan

15.17 Uhr

„Das ist ja der absolute Hammer!", merkt Maxi kopfschüttelnd an, nachdem Paul ihm vom Zwischenfall von heute Morgen erzählt hat.

Die Jungs haben sich wie verabredet getroffen. Dieses Mal jedoch nicht in der Stadt am Brunnen, sondern bei Paul, da dieser wegen seines Aussehens nicht das Haus verlassen möchte und natürlich momentan auch kein Interesse hat Anton zu begegnen.

„Wir gehen sofort zum Sauber! Oder besser gleich zur Schulleitung, zum Müller! Dann fliegt der Anton", ergänzt Maxi aufgebracht und deutet an, aufbrechen zu wollen.

„Setz dich wieder Maxi. Wer soll bezeugen, dass das stimmt, was ich sage. Anton dagegen hat mindestens drei Personen, die angeben werden, dass er gar nicht an der Sporthalle war."

„Dann sag ich einfach, dass ich dabei war", schlägt Maxi vor.

„Und warum hast du dann keine abgekriegt? Schau mich an und dich!"

„Dann habe ich es halt von weitem gesehen und bis ich zu dir kam, waren die anderen schon weg."

„Lass es gut sein Maxi. Lügen werden wir nicht und zudem will ich dich da nicht mit hineinziehen. ... Was hat der Anton nochmal gesagt? Ich kann nicht helfen und bin der dümmste von all diesen Schulsanitätern!", überlegt Paul laut. „Ich kapier´s nicht!"

„Und wenn wir dem Anton eine Falle stellen", schlägt Maxi vor. „Der will dich doch noch mal abpassen! Du hast erzählt, dass er gesagt hat, dass er noch nicht mit dir fertig ist."

„Und was soll das für eine Falle sein? Soll ich ein Loch auf Antons Schulweg graben und hoffen, dass er hineinfällt?", grinsend sieht Paul Maxi an, der bei Pauls Idee auch schallend zu lachen anfängt.

„Genau! Und das Loch decken wir dann schön mit Reisig zu. Vielleicht fällt auch noch die knorrige Maier rein. Der Anton gemeinsam mit seiner Lieblingslehrerin Maier, gefangen in einem Loch. Das wäre klasse und gäbe ein herrliches Bild für die Schülerzeitung", entgegnet Maxi prustend vor Lachen.

Paul merkt, wie ihm das Lachen guttut. Nach alldem, was ihm heute passiert ist. Doch wie es jetzt weitergehen soll, darüber ist er sich nicht im Klaren.

„Anton ewig aus dem Wege gehen, wird nicht funktionieren. Wenn Anton nicht mehr in der Schule wäre, dann wäre dies schon leichter. Außerdem hätte auch Anton mal eine ordentliche Abreibung verdient, damit er merkt, dass sich die anderen nicht alles gefallen lassen und sich nicht jeder einschüchtern lässt", denkt Paul.

„Du Maxi, jetzt mal im Ernst, wie hast du das gemeint mit der Falle?", fragt Paul.

„Wenn man wirklich etwas erreichen will, dann muss man zuerst genau sein Ziel kennen, dann erst soll man planen wie man dieses Ziel erreichen kann, sagt doch der Sauber immer. Also ... was genau wollen wir?" ... Fragend sieht Maxi Paul an und ergänzt: „Wollen wir Anton eine ordentliche Abreibung verpassen? Oder ist unser Ziel, dass er von der Schule fliegt?"

„Ich habe nicht vor mich mit Anton zu schlagen, auch wenn du mir hilfst. Außerdem passt das nicht zu dir und zu mir."

Nachdenklich sieht Maxi Paul an, überlegt eine Weile und äußert dann die Gedanken, die ihm nacheinander in den Kopf kommen: „Du hast recht. ... Wir könnten aber zum Beispiel sein Moped lahmlegen, indem wir einen alten Lappen in den Auspuff stecken, den Benzinschlauch abzwicken oder einen Nagel hinter einen Reifen legen. ... Oder seine Schulbücher verschwinden lassen, das wird teuer und ärgerlich für ihn", ergänzt Maxi.

Mit gemischten Gefühlen sieht Paul seinen Freund Maxi an, aus dem eine Idee nach der anderen sprudelt, wie Anton beizukommen wäre, ohne dass der Verdacht gleich auf die beiden fällt. Anton hatte schon mit vielen Mitschülern Ärger, sodass die Tat auch von einem seiner früheren Opfer oder anderen „Feinden" verübt worden sein könnte. Während Maxi weiter eine Idee nach der anderen nennt, bemerkt Paul, wie sich die Zeit zu dehnen scheint. Den Flügelschlag der Vögel, die er durch das Wohnzimmerfenster beobachtet, kann er nur noch wie in Zeitlupe wahrnehmen. Auch die Bewegungen seines Freundes Maxi scheinen in Zeitlupe abzulaufen und Maxis Stimme hört sich an wie bei einem immer langsamer laufenden Abspielgerät. Alle anderen Geräusche sind bereits verstummt. Auch die Durchgangsstraße, die am Mietshaus vorbeiführt und eigentlich Tag und Nacht zu hören ist, scheint urplötzlich wie leergefegt zu sein. Erschrocken steht Paul auf und geht ans Fenster, von dem aus er die überfüllte Straße sehen kann.

Voll mit Menschen und Autos, wie an jedem Werktag, doch alles steht und ist totenstill, wie wenn man die Pausentaste beim DVD-Player gedrückt hat. Nur er selbst scheint sich in normaler Geschwindigkeit bewegen zu können.

„Ist das dein Ziel Paul?"
Die Stimme kennt Paul! Warm und weich klingt diese und sie klingt wie immer. Paul würde diese Stimme unter einer Million Stimmen, nein unter den Stimmen aller Menschen dieser Welt heraushören können. Er würde sie noch erkennen, auch wenn er diese 50 Jahre nicht mehr gehört hätte.
„Großvater, wo bist du?" Fragend und mit einem Strahlen im Gesicht sieht sich Paul um.
„Hier bei dir."
„Ich sehe dich nicht, wo?" Suchend schweift Pauls Blick durch den Raum, an seinem Freund Maxi, der wie eingefroren da sitzt und der Wanduhr im Wohnzimmer vorbei, deren Sekundenzeiger unverrückbar steht.
„Du weißt doch, dass du mich am Tage nicht sehen, nur hören kannst. Ich wiederhole meine Frage: Ist das dein Ziel?"

Es ist schon lange her, dass der Großvater Paul am Tage erschienen ist. Das letzte Mal, da war Paul noch in der Grundschule und da ging es gerade um den Umzug nach Künzelsau. Da waren auch die Besuche bei der Psychologin und das Versprechen nicht ständig mit dem Großvater zu sprechen.

„Anton hat dir geschadet, ist es dein Ziel auch ihm zu schaden?", konkretisiert die Stimme und fährt fort: „Es gibt nur ganz wenige Situationen im Leben, in denen man Gewalt, ob diese gegen Sachen oder schlimmer noch gegen Menschen gerichtet ist, nur mit Gewalt bekämpfen kann. Dort wo Menschen sind, muss immer versucht werden die bestehenden Probleme mit Menschlichkeit zu lösen. Rede mit Anton!"
„Mit Anton reden, was soll das bringen?"

„Nur wenn du fragst, kannst du erfahren, was du wissen willst."
„Was soll ich denn wissen wollen?"
„Die Antwort auf die Frage, die dich schon den ganzen Tag umtreibt."

„...wir könnten auch Wasser in Antons Tank füllen. Oder eine Nadel abbrechen, reinstecken ins Zündschloss und dann abbrechen...", hört Paul Maxi weiter eifrig berichten. Der Lärm der Straße war zurück, die Zeit bewegt sich wieder in normaler Geschwindigkeit. Der Besuch des Großvaters war vorbei.

„Maxi", unterbricht Paul seinen Freund, „du sagtest, dass man erst einen Plan fassen kann, wenn man sein Ziel kennt. Ich kenne jetzt mein Ziel! Ich will wissen, was los ist, was der Grund ist, warum Anton mich heute Morgen geschlagen hat und mir droht."
Fragend sieht Maxi Paul an. „Wieso steht der am Fenster, gerade saß er mir doch noch gegenüber? Habe ich wohl gar nicht gemerkt, wie Paul aufgestanden ist. Na egal!", denkt Maxi. „Und wie hast du dir das gedacht? Einfach mal so auf Anton zugehen und fragen was das soll?"
„Warum eigentlich nicht", überlegt Paul, während er sich wieder der Straße und den vorbeifahrenden Autos zuwendet.

Minutenlang herrscht Schweigen zwischen den beiden Jungs. Im Sessel zurückgelehnt und die Wohnzimmerdecke betrachtend überlegt Maxi, ob Paul es wirklich ernst meint. „Mit Anton reden", erscheint ihm eher schwierig und vor allem gefährlich, „man weiß nie, wie der reagiert!"

Paul, der regungslos die monoton vorbeifahrenden Autos betrachtet, hat bereits einen Plan gefasst: „Morgen werde ich so früh zur Schule gehen, dass Anton keine Chance hat mich vorher abzupassen. In der großen Pause werde ich zu Anton gehen, um zu erfahren, was los ist. Auf dem Schulgelände wird er mir nichts antun und wenn ich weiß, um was es geht, dann kann ich die Sache mit Sicherheit ausräumen."

Angst

Donnerstag, 7. Oktober , 6.33 Uhr

„Tschüss Beate ich muss los, ich will mit Maxi noch etwas wegen einer Präsentation heute in der Schule durchsprechen", ruft Paul seiner Mutter durch die geschlossene Badezimmertüre zu und verlässt dann zügig, ohne eine Antwort oder Frage seiner Mutter abzuwarten, die Wohnung.

In der Nacht hatte Paul wenig geschlafen. Er hatte sich die Situation in der Schule wieder und wieder vorgestellt. Überlegt, wie es wohl sein würde, wenn er auf Anton zuginge, ob dieser überhaupt mit ihm reden würde, was Antons Helfer wohl tun würden. Auch ob die Pausenaufsicht es bemerken wird, wenn Anton ihn in der Schule in die Mangel nehmen wird, ihm drohen wird? Auch die Frage, ob er rechtzeitig loskommt um nicht wieder abgepasst zu werden und welchen anderen Weg er wohl nehmen soll, lies Paul wieder und wieder aufwachen und niedergeschlagener werden.

Erst vor drei Tagen, als er am Schlafzimmer seiner Mutter stand und darüber nachdachte, wie alleine er und seine Mutter eigentlich sind und was ihnen fehlt, wie es wohl mit ihnen weitergehen wird, dachte er, es könnte nicht schlimmer werden. „Doch jetzt werde ich auch noch verprügelt und beschimpft und ich weiß nicht einmal warum."

Mit Tränen in den Augen dachte Paul an seine Grundschulzeit, an sein Zuhause in Bodenmais und die regelmäßigen „Unterhaltungen" mit seinem Großvater zurück.

So niedergeschlagen wie heute hatte er sich das letzte Mal gefühlt, als der Streit zwischen seinen Eltern einen letzten, absoluten Höhepunkt erreicht hatte. Sein Großvater war damals da und hat ihm geholfen. Der Großvater hatte von Menschen erzählt, die vergessen hatten, die guten Dinge in ihrem Leben zu sehen, die nur noch darauf fokussiert waren sich mit den schlimmen Erlebnissen ihres Lebens zu beschäftigen. Als der Großvater damals Paul im Traum erschienen ist, hatte er ein Glas vor Paul hingestellt und dieses zur Hälfte mit Wasser gefüllt. „Für manche Menschen ist dieses Glas halb voll. Für manche Menschen halb leer", berichtete der Großvater und fuhr fort: „Entscheidend ist immer, wie du dein Leben betrachtest, ob du dies mit einer positiven Grundhaltung tust oder mit einer negativen."

Damals hat der Großvater Paul gebeten die „guten Dinge" in Pauls Leben aufzuschreiben und diese „Liste" immer wieder zu ergänzen und zu lesen.

So gegen halb sechs Uhr morgens hatte sich Paul entschieden wieder eine Liste anzufangen. Er wollte sich nicht von den negativen Gedanken leiten lassen, die ihn am Schlafen hinderten und er wollte weiterhin bei all dem Negativen und Schwierigen, das momentan da war, seinem Leben mit Freude begegnen.

„Clara" hatte Paul ganz oben auf der Liste notiert. „Auch wenn das Negative des heutigen Tages das Gespräch mit Anton sein wird, so überwiegt doch die Freude endlich auch einmal mit Clara ins Gespräch zu kommen", ging es Paul dabei durch den Kopf. Er fügte noch weitere positive Dinge seines Lebens an: Maxi (ein Spitzenfreund), Beate (eine Supermutter), unser Schulsanitätsdienst (eine klasse Aufgabe)... auch zwei seiner Lehrer, von denen er sich verstanden und im positiven Sinne gefordert sah, fügte Paul der Liste bei.

<u>7.02 Uhr</u>

Paul hat sich entschieden, den deutlich längeren Weg an der Hauptstraße entlang durch die Stadt zu nehmen. Ein gemeiner

Hinterhalt, wie gestern hinter der Sporthalle, war so nicht möglich. Auch die von Fußgängern, Autos und Fahrradfahrern belebte Straße erscheint ihm als ein guter „Schutz" vor einem weiteren Angriff.

Als er im Aufenthaltsraum der Schloss-Schule Platz nimmt, merkt er, wie sein Herz doch schneller schlägt und er dankbar ist, ohne eine weitere Begegnung mit Anton hier angekommen zu sein. Die wenigen Schüler, die jeden Morgen bereits um diese Zeit im Aufenthaltsraum auf den Beginn des Unterrichtstages warten, haben kurz aufgesehen und Paul zugenickt, als dieser den Aufenthaltsraum betreten hat.

Paul hat sich einen Stuhl genommen und diesen an die große Glasfront des Aufenthaltsraumes geschoben. Von hier aus kann er den Mopedparkplatz der Schule sehen und weiß somit sofort, wann auch Anton an der Schule eintrifft.

„Keine Angst, aber Respekt! Angst hemmt das Gelingen. Respekt fördert es", sagt Paul leise vor sich hin, während er auf den Unterrichtsbeginn wartet. „Es gibt keine Herausforderung auf der Welt, vor der wir Angst haben müssen. Respekt sollten wir jedoch immer haben. Dieser Respekt sorgt dafür, dass wir nicht leichtfertig in die Vorbereitung und Durchführung der Aufgabe gehen", erinnert uns der Sauber immer vor den wichtigen Klassenarbeiten und in der Vorbereitung auf Prüfungen.

„Ich muss meine Betrachtungsweise ändern! Die Situation mit Anton ist nicht gut, es gibt jedoch keinen Grund Angst zu haben. Wenn Anton merkt, dass ich Angst habe, wird er dies nur ausnützen. ... Keine Angst, aber Respekt", nimmt sich Paul vor.

Der Anfall

<u>7.11 Uhr</u>

„Hey Klaus. Klaus! Was ist los? Hör auf zu spinnen!"

Die immer verärgerter klingende Stimme eines Jungen aus der 5. Klasse lässt Paul aufhorchen und sich umsehen. An einem Tisch in der Mitte des Aufenthaltsraumes sitzen zwei Jungen, die offensichtlich dabei waren, sich gegenseitig noch bei den Hausaufgaben zu helfen oder die eine oder andere Aufgabe vom anderen abzuschreiben. Einer der Jungen hat den Kopf stark zur Seite in Richtung Paul gedreht und blickt starr auf den Boden. Mit dem Mund macht er immer lauter werdende Schmatzgeräusche.

„Mensch lass den Mist und hör auf, so werden wir nie fertig", hört Paul den anderen Jungen sagen und sieht, wie dieser über den Tisch greift und sein Gegenüber am Arm packt und auffordernd schüttelt.

Als auch diese Aktion nicht dazu führt, dass sich Klaus wieder seinen Aufgaben zuwendet, sondern weiterhin starr und schmatzend zur Seite blickt, fängt Paul an zu grinsen. „Bei den neuen 5ern sind ja interessante Spaßvögel dabei", denkt Paul und wendet sich wieder der Straße zu, um ja nicht zu verpassen, wenn Anton mit seinem Moped ankommt.

„Rums!", ein dumpfer Schlag und lautes Gezeter lässt Paul auffahren. Der runde Tisch, an dem die beiden Fünftklässler saßen, ist seitlich umgekippt. Ordner, Hefte und Stifte auf dem Boden verteilt. Auch der Stuhl, auf dem Klaus saß, ist mitsamt dem Jungen seitlich umgekippt. Noch während der andere Junge zornig und schimpfend von seinem Stuhl aufsteht, nimmt Paul war, dass hier gerade mehr passiert, als er vorher glaubte zu sehen. Als er sich umsah, waren da zwei Jungen an einem Tisch, die sich auf irgendeine Weise zankten. Einer wollte Aufgaben machen, der andere hatte wohl keine Lust oder wollte einfach einen Spaß machen. Jetzt, da dieser Klaus am Boden liegt und keine Anstalten macht, aufzustehen, stattdessen noch im Liegen mit Armen und Beinen herumfuchtelt, wird Paul klar, dass hier etwas nicht stimmt. Auch der andere Fünftklässler hat dies mittlerweile erkannt.

„Dies muss ein epileptischer Anfall sein!", denkt Paul erschrocken. Ausgerechnet an dieser Fortbildung Ende des vergangenen Schuljahres konnte Paul nicht teilnehmen, da er auf ein Referat mit Präsentation zu lernen hatte.

„Was hat mir Maxi damals erzählt, wie man helfen kann? Der Patient soll sich nicht weiter verletzen. Soll ich ihn jetzt festhalten oder nicht?", zögert Paul, während er den am Boden krampfenden Jungen betrachtet. „Brauchen wir einen Notarzt? … Mist, ich weiß nicht, was ich tun soll. … Wären jetzt nur Maxi oder Anna oder Herr Sauber da!", denkt Paul, während er merkt, dass er immer angespannter wird.

„Jetzt tu doch was!", wird Paul auffordernd von einem Siebtklässler zugerufen, der ebenfalls im Aufenthaltsraum auf den Beginn des Unterrichts wartet und Paul als Schulsanitäter erkannt hat.

Paul bewegt sich zögernd auf den am Boden krampfenden Klaus zu, der sich mittlerweile immer fester mit seiner eigenen Hand ins Gesicht schlägt. „Ich halte jetzt die Hand fest, damit er sich nicht weiter schlagen kann", nimmt sich Paul vor und versucht das Handgelenk zu packen. Während Paul die Hand immer wieder entgleitet, sieht er, wie etwas schaumiger und blutiger Speichel aus dem Mund von Klaus austritt. „Ruft den Notarzt", schreit Paul den Siebtklässlern erschreckt zu und versucht sich zu sammeln und einen klaren Kopf zu bekommen. „Konzentriere dich Paul, auch wenn du gerade nicht sicher bist, was zu tun ist. … Immer Ruhe bewahren sagt der Sauber und nach bestem Wissen helfen."

Mittlerweile hat sich eine Traube von Kindern und Jugendlichen vor der Glasfront des Aufenthaltsraumes gebildet. Nachdem zwei Schüler bemerkt hatten, dass etwas im Aufenthaltsraum los ist und sie dies draußen lautstark verkündet hatten, drängen sich fast alle Schülerinnen und Schüler, die auf den Einlass in die Schule gewartet hatten, vor der Glasfront um einen Blick auf den am Boden liegenden und krampfenden Jungen zu erhaschen.

„Platz da!" Laut und energisch bahnt sich Anton einen Weg durch die Menge bis zur Glasfront des Aufenthaltsraumes, wobei es ihm nichts ausmacht, dem ein- oder anderen jüngeren oder kleineren Schüler einen ordentlichen Schups zu verpassen.

„Nach bestem Wissen helfen! Also ich weiß momentan nicht, was ich genau bei so einem Krampfanfall tun kann, also fragen, ob der andere Junge etwas weiß und mir helfen kann!", denkt Paul bevor er den Freund von Klaus anspricht um zu erfahren, ob dies schon mal passiert ist. Als dieser nur den Kopf schüttelt, geht Paul weiter seine „Liste" im Kopf durch: „Vor Verletzungen schützen – mach ich gerade. Erhalt des Herz-Kreislaufsystems – momentan kein Problem. Da ich hier nicht weiterweiß und helfen kann – Hilfe anfordern, den Notarzt rufen – macht einer der Siebtklässler … wieso stehen die immer noch hier und schauen zu?"

Zornig fährt Paul die Schüler an, die er eigentlich damit beauftragt hatte den Notarzt zu holen. Als diese sich nur gegenseitig ansehen und sich keiner richtig angesprochen fühlt, fällt Paul ein, auf was er vergessen hatte zu achten: Wer in einer Notsituation einen Auftrag an einen Außenstehenden vergeben will, zum Beispiel das Absetzen eines Notrufes, sollte nie die Gruppe, sondern immer ganz konkret eine einzelne Person ansprechen. Diesen Grundsatz hatte er missachtet und keiner der Umstehenden fühlte sich angesprochen. Stattdessen dachte jeder, der andere wird dies schon tun.

„Hey du, mit der gelben Jacke, geh im Foyer an unseren Münzfernsprecher, wähle die 112 und berichte dann demjenigen, der sich meldet, dass wir hier einen schlimmen epileptischen Anfall haben und dringend Hilfe brauchen. Bleibe solange am Telefon, bis der, der sich meldet keine Fragen mehr an dich hat. … Du mit der Basketballmütze, renn ins Lehrerzimmer und hol den Sauber und du daneben, sorgst bitte dafür, dass alle den Aufenthaltsraum verlassen und kein weiterer Schüler mehr hier reinkommt", ordnet Paul nun mit ruhiger und bestimmter Stimme an.

Als die Schüler den Raum verlassen haben, nimmt Paul wahr, dass das Krampfen von Klaus nachlässt. Die Bewegungen seiner Beine und vor allem seiner Arme sind nun weniger kraftvoll und ausladend. Obwohl der Anfall nun seinem Ende zuzugehen scheint und Hilfe angefordert ist, fühlt sich Paul unwohl, da er immer noch unsicher ist, wie er in diesem Fall weiterhelfen kann.

Anton hat die Szene von außen beobachtet und die Unsicherheiten von Paul genau wahrgenommen. In seiner Meinung über die Schulsanitäter fühlt er sich bestätigt: „Die haben keine Ahnung und ganz besonders dieser Paul!", tönt er laut und vernehmlich, sodass möglichst viele der umstehenden Schülerinnen und Schüler seine Meinung mitbekommen.

Genüsslich klopft Anton an die Scheibe und macht Paul auf sich aufmerksam, um ihm dann zu signalisieren, dass er gesehen hat wie hilflos Paul in der Situation gehandelt hat. Hierzu zeigt Anton mit Zeige- und Mittelfinger seiner rechten Hand zuerst auf seine eigenen Augen, dann dreht er diese Hand von seinem Gesicht weg und zeigt nur noch mit dem Zeigefinger auf Paul.

Paul hat diese Geste und die Mimik von Anton genau verstanden. „Du hast keine Ahnung und bist der Dümmste von diesen Schulsanitätern!", hat Anton gestern gesagt, nein geschrien und heute scheint er auch noch Recht zu behalten. Frustriert wendet sich Paul wieder Klaus zu, der mittlerweile ganz ruhig daliegt und mit Tränen in den Augen Paul ansieht. „Nicht schon wieder. ... Bitte keinen Arzt. ... Schick die weg", stammelt Klaus dabei leise und zeigt kraftlos auf die an der Fensterfront stehenden und gaffenden Mitschüler.

Klaus kennt die Anfälle, die im letzten Grundschuljahr zugenommen haben. Immer, wenn er einen Anfall in der Schule hatte, wurde der Rettungswagen gerufen und Klaus „zum Durchchecken" mit ins Krankenhaus genommen. Dieses „Durchchecken" erbrachte eigentlich nie etwas. Die Ärzte meinten immer nur, dass der Anfall jederzeit wieder kommen kann und die Personen, mit denen Klaus unterwegs ist, informiert sein sollten, wie sie ihm bei einem Anfall helfen können. In der vierten Klasse wurde er deswegen immer mehr gehänselt, ausgegrenzt und als Spinner und Spasti bezeichnet. Der Wechsel von der Grundschule auf die Schloss-Schule sollte ein Neuanfang sein und neue Freunde bringen. „Jetzt geht alles wieder von vorne los", stammelt Klaus, dem mittlerweile dicke Tränen über die Wangen laufen und der versucht, sich von der Glasfront wegzudrehen.

<u>7.31 Uhr</u>

Mittlerweile hat es zur ersten Stunde geläutet und die Frühaufsicht hat auch den letzten Schüler vom Fenster des Aufenthaltsraumes in Richtung Klassenzimmer gescheucht. Herr Sauber, der von einem der Siebtklässler benachrichtigt wurde, hat Klaus geholfen, sich wieder aufzusetzen und angefangen den immer noch weinenden Jungen zu beruhigen und etwas über dessen Vorgeschichte in Erfahrung zu bringen. Paul wurde von Herrn Sauber gebeten solange hier zu bleiben, bis der Rettungswagen eingetroffen ist, um als Augenzeuge und Ersthelfer von dem berichten zu können, was genau vorgefallen ist.

Da die Situation geklärt und nicht lebensbedrohlich ist, hat Herr Sauber über sein Handy die Rettungsleitstelle angerufen und mitgeteilt, dass der Rettungswagen „auf Sicherheit" anfahren kann.

„Dies bedeutet, dass die Sanitäter Sirene und Blaulicht ausschalten und sich wieder dem normalen Verkehrsfluss anpassen und so nicht weiterhin sich und andere Verkehrsteilnehmer durch die schnelle Anfahrt zum Notfallort gefährden", erklärt Herr Sauber dem noch immer hilflos dreinblickenden Paul.

7.46 Uhr

Nach telefonischer Rücksprache mit dem Hausarzt von Klaus haben die Sanitäter entschieden, dass Klaus dieses Mal nicht wieder ins Krankenhaus „zum erneuten Durchchecken" mitgenommen wird, sondern in der Schule bleiben und am regulären Unterricht teilnehmen kann. Klaus solle jedoch nach der Schule kurz bei seinem Hausarzt vorbeischauen.

Dankbar hat Klaus diese Nachricht vernommen. „Gott sei Dank nicht wieder vor der gesamten Schule in den Rettungswagen geführt und dann im Krankenhaus über all das wieder und wieder befragt werden, das ich schon mehrfach beantwortet habe und dann wieder von meiner Mutter abgeholt und schließlich zurück in die Schule gebracht werden!" Heute hatte er zwar einen Anfall gehabt, aber er würde sofort wieder am Unterricht teilnehmen können, sodass seine neuen Klassenkameraden sehen, dass es nichts Schlimmes ist, was er hat. Es nur schlimm aussieht. Auch will er dieses Mal ganz offen zu seiner Klasse sprechen, nichts verheimlichen, sondern sagen, dass dies passieren kann und wie ihm während eines Anfalls geholfen werden kann. Dass wirklich niemand Angst haben muss.

„Gut, dass Herr Sauber in den ersten beiden Stunden in meiner Klasse Unterricht hat und er mir helfen wird, diese Sache mit der Klasse zu besprechen", denkt Klaus während er und Herr Sauber auf dem Weg zum Klassenzimmer der 5b sind.

Ganz genau betrachtend und analysierend hat Paul die Gespräche zwischen den Rettungsassistenten, Klaus und Herrn Sauber wahrgenommen und wiederholt in Gedanken:

„a. So ein Anfall ist für die Betroffenen besonders schlimm, wenn diese immer und immer wieder mit dem Rettungswagen abtransportiert werden. b. Machen kann ich in der Situation nur wenig. Hauptsächlich muss ich darauf achten, dass der Patient sich nicht noch zusätzlich verletzt. c. Wenn der Anfall dann vorüber ist, beim Patienten bleiben, diesen ansprechen und herausfinden, ob wieder alles in Ordnung ist. ... Aber was, wenn nicht alles in Ordnung ist, wenn er sich beim Sturz schlimmer verletzt hat oder vielleicht gar nicht mehr zu sich kommt?"

Das fragende Gesicht von Paul und das genaue Zuhören ist Herrn Sauber aufgefallen. Den Rettungsassistenten hat Peter Sauber daraufhin erklärt, dass Paul einer der Schulsanitäter der Schloss-Schule ist und diese gebeten, ob sie Paul nicht die ein- oder andere Frage zur Thematik Epilepsie beantworten könnten, da dies der erste epileptische Anfall an der Schule war und der Sanitätsdienst gerne noch etwas mehr aus der Praxis erfahren möchte. Nachdem die Sanitäter zugestimmt haben, wendet sich Herr Sauber an Paul und bittet diesen „genau zuzuhören und nachzufragen" um bei der nächsten Dienstbesprechung berichten zu können. Mit Klaus macht sich Herr Sauber daraufhin auf den Weg ins Klassenzimmer.

7.50 Uhr

„Epilepsie ist eine Funktionsstörung des Gehirns, die sich in Anfällen äußert. Ungefähr 5% aller Menschen haben mindestens einmal in ihrem Leben einen epileptischen Anfall", beginnt einer der Rettungsassistenten zu berichten, nachdem Paul und die beiden Rettungsassistenten im Aufenthaltsraum Platz genommen haben. „Zeuge bei so einem Ereignis zu werden ist somit höher als bei einem Herzinfarkt, daher ist es wichtig auch hier besonders gut Bescheid zu wissen."

„Dieser Fünftklässler, der Klaus hat am Anfang noch gar nicht gekrampft, nur so komische Geräusche gemacht und auf die Seite geschaut. War das auch schon der Anfall, hätte ich da schon etwas tun können?"

„Epilepsie kommt in unterschiedlichen Variationen vor: So wie du das beschreibst, klingt dies nach einem fließenden Anfall, bei dem zuerst der Kontakt zum Gegenüber abgebrochen wurde und es dann zu einem *Grand mal*, einem *großen Anfall* mit Krämpfen gekommen ist."

„Zählen wir doch mal nach Schweregrad auf und reden dann darüber, wie man helfen kann", mischt sich der andere der beiden Rettungsassistenten ein.

„Es gibt die sogenannten *Absencen*, das heißt eine Person ist ohne ersichtlichen Grund auf einmal abwesend, hört zum Beispiel auf zu reden und kommt dann nach ein paar Sekunden wieder zu sich. Hier ist keine Hilfestellung notwendig. Wenn dieses *abwesend sein* länger andauert, dann ist es ein *komplexer Anfall*, der nur allmählich abklingt. Hier ist unbedingt auf die Person zu achten, dass diese nichts Unbedachtes macht, zum Beispiel vor ein Auto läuft."

„Und woher weiß ich dann, dass wieder alles in Ordnung ist?"

„Ob dieser *komplexe Anfall* vorbei ist, lässt sich durch gelegentliche Fragen über Zeit, Ort und Fragen zur Person klären. Sobald der Patient wieder alles korrekt beantworten kann, ist der Anfall vorüber."

„Zeit? ... Ort?"

„Ja, du fragst einfach nach dem aktuellen Datum und ob die Person weiß, wie spät es ungefähr ist. Oder fragst die Person, wo sie sich gerade befindet. Kann ein Patient diese Dinge wieder korrekt zuordnen, so sind das die ersten Anzeichen, dass der Anfall vorbei ist."

„Dann gibt es noch den *Sturzanfall*, bei dem eine Person plötzlich hinfällt und der Anfall damit vorbei ist. Hierbei ist die Gefahr von Kopfverletzungen sehr hoch und eine erste Hilfe in dieser Richtung angesagt. Und dann natürlich den *großen Anfall*, den du erlebt hast und der am dramatischsten abläuft, da dieser gefährlich für den Patienten aussieht und wir diesen geschehen lassen müssen und nur Hilfestellung leisten können."

„Hilfestellung?"

„Die Hilfestellung ist einfach: Alle Gegenstände an denen sich der Patient bei dem Anfall verletzen kann, musst du wegschieben. Wenn der Patient sich schlägt, dann die Hände ohne Gewalt festhalten."

„Habe ich gemacht", wirft Paul erleichtert ein.

„Du hast die ganze Situation sehr gut gelöst. Du hast uns benachrichtigt, Zuschauer weggeschickt, dich mit dem Patienten unterhalten, warst bei ihm und hast uns eine 1a Rückmeldung über das gegeben, was sich zugetragen hat."

„Aber ich wusste eigentlich nicht, was ich tun sollte und habe mich so hilflos gefühlt", erwidert Paul mit einem gewissen Stolz, doch alles richtig gemacht zu haben.

„Ich sagte ja, bei einem *großen Anfall* sind wir alle hilflos. Tu das, was ich gerade gesagt habe und kläre spätestens nach dem Anfall, ob sich der Patient eventuell beim Hinfallen noch zusätzlich verletzt hat. Diese Verletzungen sind dann zu behandeln."

„Wie zum Beispiel mit dem Blut, das aus dem Mund von Klaus geflossen ist."

„Richtig. Bei einem Anfall kann sich der Patient eventuell auch auf die Zunge beißen, das blutet dann etwas. Wenn nur eine leichte Verletzung vorliegt, so müssen wir nicht gerufen werden. Das wenige Blut bei Klaus kam von einem leichten Lippenbiss. Wenn diese Bisswunde größer gewesen wäre, dann hätten wir ihn zum Nähen mitnehmen müssen."

„Der Klaus war auch relativ schnell wieder fit!"

„Ja, wenn wir kommen, dann ist meist schon immer alles vorbei. Der Anfall dauert wenige Minuten und die Erholungsphase auch. Nur wenn der Anfall länger als fünf Minuten dauert oder die Person sich beim Sturz schwer verletzt hat oder nach dem Krampfen nicht zu sich kommt, sollten wir unbedingt gerufen werden. Was hättest du gemacht, wenn Klaus nicht wieder zu sich gekommen wäre?"

„Herz-Kreislaufkontrolle, dann stabile Seitenlage, danach den Notruf ... und dann die Überwachung des Patienten bis der Rettungsdienst kommt", antwortet Paul wie aus der Pistole geschossen und strahlt dabei über das ganze Gesicht, als er ein zufriedenes Nicken der ihm gegenüber sitzenden Rettungsassistenten wahrnimmt.

Clara und Anton

<u>8.12 Uhr</u>

„Ach, der Herr Klein hat sich doch noch dazu entschieden ein paar Minuten am Englischunterricht teilzunehmen", sarkastisch und spitz, eigentlich wie immer, wendet sich Frau Maier Paul zu, der nach dem Gespräch mit den Sanitätern das Klassenzimmer betritt.
„Entschuldigen Sie Frau Maier, wir hatten einen Notfall und..."
„Ich weiß schon Bescheid! Mein geschätzter Kollege Sauber hat mir mitgeteilt, dass du wohl etwas später kommen wirst. Ich frage mich nur, wie ihr Schulsanitäter den ganzen versäumten Stoff nachholen wollt, den ihr durch eure sogenannten Einsätze verpasst!"

Das Wort „Einsätze" hat Frau Maier besonders abfällig ausgesprochen und damit unterstrichen, was sie von den Schulsanitätern und dem Schulsanitätsdienst generell hält. Ihre Interventionen in den vergangenen Jahren, dass die erste Hilfe von Fachleuten und nicht von Schülerinnen und Schülern durchgeführt werden soll, hat bisher nichts genützt. Sie selbst will sich auf keinen Fall von einem ihrer Schüler helfen lassen. „Dann besser keine Hilfe", hat sie denjenigen ihrer wenigen Kollegen immer wieder gesagt, die sich auch gegen das Projekt Schulsanitätsdienst an der Schloss-Schule aussprechen. Besonders ärgerlich empfindet Frau Maier, dass es immer weniger Kolleginnen und Kollegen werden, die gegen dieses erste Hilfe Projekt sind und man sie zudem immer wieder versucht hat umzustimmen.

„Morgen werde ich dich über den Stoff der heutigen Stunde abfragen. „Außerdem will ich morgen dein Heft, deinen Ordner und dein Workbook sehen!"
„Na toll", denkt Paul, „heute haben wir Mittagschule und Englisch mag ich wie kaltes Wasser – nämlich gar nicht. Vielleicht lässt sie sich auf Montag ein."

„Wir haben Mittagschule, Frau Maier, könnte ich die Aufgaben eventuell bis…"

„Nein! Bei euren Einsätzen könnt ihr auch nicht bis übermorgen warten."

Im Läuten der Schulglocke und der in der Klasse spontan einsetzenden Aufbruchsstimmung über das Ende des Englischunterrichts geht das unter, was Frau Maier noch sagen wollte. Paul nickt ihr nur zu und geht an seinen Platz. Das Grinsen von Anton und dessen erhobener Daumen, der ihm signalisieren soll, wie gut Anton die Aussagen von Frau Maier gefallen haben, bemüht er zu übersehen.

„Das kriegen wir hin", ermuntert Maxi Paul. „Ich gehe mit dir die Englischsachen in der Mittagspause durch. Aber jetzt erzähl, was passiert ist!"

Auch Anna und fast die halbe Klasse drängen sich, sehr zum Missfallen von Anton, der demonstrativ mit seinen Helfern das Klassenzimmer verlässt, um Paul.

„Ihr wisst, dass wir alles, was Patienten und Notfälle angeht, vertraulich zu behandeln haben. Nur wenn der Patient sagt, dass wir darüber öffentlich berichten dürfen, können wir das auch tun. Nur so viel: Der Person, der heute Morgen geholfen werden musste, geht es wieder gut. Es hat schlimmer ausgesehen, als es war."

Enttäuscht wegen dieser wenigen Informationen wenden sich die meisten Mitschüler wieder anderen Dingen zu. Nur Anna und Maxi bleiben bei Paul und erhoffen sich, doch noch mehr zu erfahren.

„Der Sauber hat mich gebeten, den Rettungsassistenten noch ein paar Fragen zum Notfall zu stellen und dann in der großen Pause in unserem Saniraum kurz darüber zu berichten. Ich erzähl euch nachher davon", bittet Paul die zwei um Geduld.

Klar werden die Schulsanitäter mehr über den Fall erfahren. Selbstverständlich wird dieser besprochen werden, da ja aus jedem Fall so viel wie möglich gelernt werden soll, um bei ähnlichen Fällen immer besser helfen zu können. Doch wenn Paul jetzt den Schulsanis mehr erzählt, wird er sich nur den Unmut der anderen aus der Klasse zuziehen. Dies wissen auch Anna und Maxi, die sich zustimmend nickend wieder anderen Dingen zuwenden.

„Große Pause im Saniraum. ... Mist", denkt Paul, „in der großen Pause wollte ich Anton ansprechen und klären, was er für ein Problem mit mir hat und in der Mittagspause eigentlich Clara."
„Du Maxi, hast du eventuell auch noch nach der Schule Zeit wegen Englisch. In der Mittagspause hätte ich schon was anderes vor?"
„Sorry Paul, du weißt doch, dass ich donnerstags nach der Mittagsschule gleich zum Tennistraining gehe und abends immer auf meine Schwester aufpassen muss. Meine Mutter würde dich übrigens, nachdem sie mich zum Tennis gefahren hat, heimfahren. Ich habe ihr erzählt, dass du gestürzt bist und Schwierigkeiten mit dem Laufen hast. Also humpel dann ein bisschen. Was Englisch angeht, könnten wir dann nur noch telefonieren – obwohl ich das, bei dem was wir heute in Englisch gemacht haben, nicht empfehlen würde. Brauchst du die ganze Mittagspause für das, was du vorhast?", entgegnet Maxi neugierig.
„Weiß nicht. Ach vielleicht klappt es auch mit Englisch. Ich sag´s dir später, wenn ich dann zum Sanipunkt komme."

Nein, die Gelegenheit mit Clara in der Mittagspause zu reden, will Paul sich nicht entgehen lassen. Englisch kann er auch noch zuhause lernen, Clara ansprechen nicht! Ob Paul Maxi von Clara erzählen soll, darüber ist er sich auch noch nicht im Klaren. Da Peter Sauber seine Schulsanitäter immer daran erinnert, auch noch ein paar Tage nach dem Einsatz auf die Patienten zuzugehen und zu fragen wie es ihnen geht, wie die Behandlung durch die Sanitäter war, könnte er dies als Vorwand nehmen. Da Maxi seit gestern die

Rufbereitschaft von Paul für diese Woche übernommen hat, soll Maxi schon mal zum Sanipunkt vorausgehen und dort warten. So könnte Paul sich in Ruhe erkundigen, wie es seiner Patientin vom Dienstag geht. Für Englisch bleibt dann bestimmt auch noch Zeit, ist sich Paul sicher.

„Vielen Dank auch für das mit deiner Mutter!"
Obwohl die Tennishalle in ganz anderer Richtung liegt, als Paul wohnt, hat Maxi es organisiert, dass Paul heimgefahren wird. „Und ich habe Maxi nicht einmal darum gebeten. Da sieht man mal wieder was für ein toller Freund Maxi ist", denkt Paul und fasst Maxi freundschaftlich und dankbar an die Schulter.

16.37 Uhr

„Es gibt Tage, die sind zum Abgewöhnen!" Schweigend sitzt Paul auf dem Rücksitz des Mercedes von Maxis Eltern und blickt zum Fenster hinaus. „Was will Clara von diesem Anton?"

Nachdem die Aussprache mit Anton nicht zustande gekommen ist, weil sich die Schulsanitäter in der großen Pause zu einer kurzen Dienstbesprechung getroffen hatten, wollte Paul wenigstens in der Mittagspause die Gelegenheit nutzen, um einmal mit Clara ins Gespräch zu kommen.

„Warum hängen die netten Mädchen so häufig mit den größten Idioten herum?", geht es Paul weiter durch den Kopf.

Paul hatte sich nach der sechsten Stunde schnell in Richtung Foyer der Schloss-Schule aufgemacht um dort zu warten und Clara abzupassen. Als Clara die Treppe herunterkam und Paul merkte, wie sein Herz immer schneller zu schlagen anfing, glaubte er einen Moment später seinen Augen nicht zu trauen und wieder einen Moment später, dass sein Herz, welches zunächst unaufhaltsam immer schneller pochte, stehen blieb.

Clara kam die Treppe herunter, dahinter Anton, der ihr auf einmal auf die Schulter fasste und sie ansprach. Zunächst stand Paul nur regungslos da. Dort das Mädchen, welches er gerne näher kennengelernt hätte, das Mädchen, dem er sich noch nie so nah gefühlt hatte wie jetzt. Und dann sprach die übelste Person seiner Klasse, nein der ganzen Schule, dieses Mädchen an. Und Clara unterhielt sich auch noch mit ihm.

Schnell hatte sich Paul weggedreht und ist weggegangen, gerade soweit, dass er die beiden weiter beobachten konnte. Was er sah war, wie Clara mit Anton bis zu dessen Moped ging und sich dort noch gut fünf Minuten mit ihm unterhalten hat.

„Wie vertraut die beiden waren! Die war doch nicht etwa schon mal mit Anton zusammen oder ist das vielleicht gerade jetzt? Und will das nur noch nicht in der Schule zeigen…?"

„Wir sind da."

Die Worte von Maxis Mutter holen Paul aus seinen trüben Gedanken zurück.

„Dir gute Besserung."

„Danke fürs Heimfahren und auf Wiedersehen, Frau von Hain."

Die Überraschung

<u>Freitag, 8. Oktober, 9.12 Uhr</u>

„Setzen, ungenügend!", die Worte von Frau Maier schallen schmerzend in den Ohren von Paul. Gestern Abend hatte er noch versucht den Stoff so gut es eben ging zu lernen. Mit dem Konzentrieren auf Englisch hatte er jedoch wenig Erfolg. Die Sache mit Anton und Clara beherrschte nach wie vor seine Gedanken.

Auch hier und jetzt, als die Maier ihn zum Abfragen an die Tafel nach vorne geholt hat.

„Warum macht es euch Spaß uns so vorzuführen?", denkt Paul traurig. „Warum fragt ihr uns vorne an der Tafel vor der ganzen Klasse ab, wo alle sehen können, was man weiß und was nicht. Diejenigen, die etwas wissen oder mit dieser Situation gut umgehen können, glänzen und die anderen werden bloßgestellt. Gott sei Dank gibt es Lehrer bei uns, die sowas nicht brauchen!"

„Was grinst du so Anton! Möchtest du nach vorne kommen und zeigen was du kannst?", bissig wie immer hat Frau Maier den über alle Backen strahlenden Anton wahrgenommen und bemerkt, dass dieser sich über die Note von Paul freut.
„Nein, nein Frau Maier, es ist alles O.K.", entgegnet Anton abwehrend.
„Komm nach der Stunde mal zu mir, wir sollten uns mal unterhalten!"

Bei allem, was man der Maier vorhalten kann, wenn ein Mitschüler sich über einen anderen lustig macht, dann wird sie sauer. „Da wird sich Anton nach der Stunde etwas anhören dürfen", freut sich Paul heimlich.

Die Englischstunde geht wie immer viel zu langsam vorbei. Paul geht in Gedanken wieder und wieder die Situation in der großen Pause durch, wie er Anton ansprechen und das klären wird, was zwischen ihnen steht. In der Nähe der Bank, an der Anton sich in der Pause immer mit seinen Helfern trifft, wird er warten. Dann, wenn die Pausenaufsicht in der Nähe ist, direkt auf Anton zugehen und diesen ansprechen. „Und die Sache mit Clara, nachdem die sich mit Anton trifft", besinnt sich Paul, „wohl doch besser abhaken."

9.42 Uhr

Paul hat zwei Bänke neben „Antons Pausenbank" Platz genommen und beobachtet das Treiben auf dem Schulhof. Die Helfer von Anton sind schon da und verscheuchen diejenigen, die gerne auf der Bank Platz nehmen wollen beziehungsweise sich in der Nähe von „Antons Bank" aufhalten.

„Schon komisch", denkt Paul, während er Antons Helfer betrachtet, „dass es doch so viele gibt, die gerne denjenigen nahe sein wollen, die nur Mist bauen und andere unterdrücken. Jeder von denen wäre für sich alleine eigentlich ganz in Ordnung. Aber zusammen... ." Auch Anton hatte er im vergangenen Schuljahr schon ganz anders erlebt, als keiner da war, vor dem er sich „produzieren" musste.

„Hallo Paul", eine wunderschön klingende Stimme holt Paul aus seinen Gedanken.

„H..., h..., hallo Clara", kann Paul nur stotternd erwidern.

„Ich wollte mich nur bei dir bedanken, für die Hilfe am Dienstag."

„G..., gerne!"

Während sich Paul ganz auf die Helfer von Anton und den Eingang zum Pausenhof konzentriert hat, ist ihm entgangen, wie Clara auf ihn zugekommen ist.

Da steht sie nun und spricht ihn an. Alles, was sich Paul in den vergangenen Tagen zurechtgelegt hat, ist weg.

„Darf ich mich setzen?"

„Klar, g..., gerne."

Erfreut, aber mit vielen Fragezeichen im Kopf, bietet Paul Clara einen Platz neben sich auf der Bank an. Nachdem er Clara gestern mit Anton gesehen hatte, hat er mit einem Gespräch nicht mehr gerechnet und eigentlich schon damit begonnen, sich innerlich wieder von Clara zu lösen. Auch gestern Abend hatte er auf seiner Liste, auf die er die Dinge notiert hat, die ihn erfreuen, Clara zuerst durchgestrichen, dann sich jedoch entschieden Clara doch nur einzuklammern. „Auch wenn Clara mit Anton zusammen ist, so tut es mir gut, wenn ich an sie denke. Daher darf sie auch auf der Liste bei den positiven Dingen meines Lebens bleiben. Nur eben momentan in Klammer, wegen Anton", entschied er grübelnd.

Während sich Clara nun neben ihn setzt, fällt Paul der dicke Verband an ihrer Hand auf.

„Die Verletzung an meinem Finger ist doch größer als zuerst gedacht", fährt Clara fort und zeigt Paul ihre eingebundene Hand. „Am Dienstagabend wurde es immer schlimmer und meine Mutter hat mich dann ins Krankenhaus gebracht. Die haben meine Hand geröntgt und dann gesehen, dass die Gelenkskapsel am Fingergelenk eingerissen ist. Daher die Schiene und der Verband zum Ruhigstellen."

„Sorry, Clara, dass wusste ich nicht, sonst hätte ich dich gleich ins Krankenhaus geschickt oder einen Krankenwagen gerufen."

„Woher auch", beginnt Clara herzhaft zu lachen, „oder hast du Röntgenaugen! Wie gesagt, ich wollte mich einfach nochmal bedanken. Bei dir und bei Anna. Was ist eigentlich mit deinem Auge passiert?"

„Nur ein Sturz ... beim Duschen ... alles halb so schlimm."

Noch bevor Paul weiterreden kann, hat ihn jemand unsanft am Arm gepackt und von der Bank gezogen.

Anton hatte mittlerweile den Schulhof betreten. Wütend und grimmig wegen des Gesprächs mit Frau Maier und der Verkürzung seiner Pause ging er erst schnurstracks auf „seinen" Platz im Pausenhof zu, bevor er Clara und Paul entdeckte, die „fröhlich plaudernd" in „seinem Gebiet" auf dem Schulhof saßen.

„Finger weg von Clara!", schreit Anton den auf dem Boden sitzenden Paul an. Mit ausgestrecktem Arm und Zeigefinger deutet er Paul an, sofort zu verschwinden.

„Was soll das Anton, hör auf", mischt sich Clara ein.

„Der hat doch keine Ahnung. Sieh doch mal deine Hand an, wie der dich stümperhaft behandelt hat! Du hättest schon viel früher ins Krankenhaus gehört! Keiner von denen kann was und der schon gar nicht!"

„Das war es also!", wird Paul schlagartig klar. „Deswegen die Schläge und die Drohungen!" Anton war sauer auf ihn, da er Clara angeblich falsch behandelt hat und weil er Clara nicht gleich zu einem Arzt geschickt hat. „Okay. Jetzt ganz ruhig bleiben", nimmt er sich vor, während er vorsichtig aufsteht.

Auch Clara ist mittlerweile von der Bank aufgestanden. Zornig verlangt sie von Anton, dass dieser sich bei Paul entschuldigen soll.

Mit einem verächtlichen „Niemals!" und „Halt dich bloß fern von dem!" an Clara, wendet sich Anton ab und geht wieder in Richtung „seiner" Bank. Die Pausenaufsicht hatte schon hergesehen und eine weitere Diskussion mit einem Lehrer konnte Anton jetzt nicht gebrauchen.

„Komm lass uns hier weggehen", signalisiert Clara Paul und zieht diesen am Arm fort.

„Ich hoffe, du kriegst jetzt keinen Ärger! Wie lange seid ihr eigentlich schon zusammen?", beginnt Paul wieder das Gespräch.

„Zusammen, wieso zusammen?"

„Ihr habt euch doch gestern unterhalten?"

„... Seit wann ist man mit jemandem zusammen, mit dem man sich unterhält? Dann müssten ja auch wir jetzt zusammen sein?"

Mit so einer schlagfertigen Antwort hat Paul nicht gerechnet. Außerdem war dies auch eine saudumme Frage von ihm, ärgert er sich.

„Ich dachte ... weil Anton ... ihr habt so vertraut gewirkt, gestern, beim Mopedparkplatz."

„Klar! Wir kennen uns ja auch schon ewig", fängt nun ihrerseits Clara an zu grinsen, der das Spiel zu gefallen scheint. Neben ihr steht ein Junge, den sie nett findet und dem auch sie offenbar gefällt und dieser macht sich Gedanken, ob sie einen Freund hat oder nicht.

„Ich sehe Anton oft", fährt Clara fort. „Hin und wieder zanken wir auch. Manchmal ist es auch so, dass wir uns tagelang aus dem Weg gehen. Momentan jedoch ist unser Verhältnis eigentlich ganz gut. Eigentlich so gut wie schon lange nicht mehr."

„Okay", antwortet Paul, der eigentlich nichts mehr versteht, zurückhaltend und mit einem fragenden Gesicht.

„Wahrscheinlich meint er deswegen momentan, dass er mich beschützen muss."

„Beschützen? ... Warum? ... Und vor wem? ... Vor mir?"

„Klar! ... Beschützt du deine Schwester denn nicht vor anderen Jungs?"

„Ich habe keine Schwester", entgegnet Paul, bevor im klar wird, was Clara eben gesagt hat. „Sie ist seine Schwester! Die Schwester von Anton. Wie kann es sein, dass dieser unförmige und eigentlich hässliche und brutale Junge eine so hübsche Schwester hat?", denkt Paul.

„Du machst Scherze, du heißt doch Grün mit Nachnamen und Anton heißt Heitel."

„Richtig, weil ich den Namen des neuen Mannes unserer Mutter angenommen habe und Anton nicht", fügt Clara lächelnd an.

Paul verliebt sich

<u>9.53 Uhr</u>

Mitten auf dem Schulhof steht Paul Clara gegenüber. Noch niemals zuvor hat Paul in den Augen eines anderen Menschen ein solches Strahlen gesehen. Oder ist es sein Strahlen, sein Leuchten, das sich in den Augen von Clara wiederspiegelt?

Bereits vor über einem Jahr, als er einmal zufällig mit ihr in der Schule zusammengestoßen war, hat dieses Mädchen angefangen seine Gedanken auszufüllen. Langsam, aber stetig. Immer, wenn er ihr wieder „zufällig" begegnet ist, wurde es etwas mehr. Der Kontakt am Dienstag sorgte dann dafür, dass er sich letztlich auf fast nichts anderes mehr konzentrieren konnte, als Clara.

Sie könnte es sein! Die andere Hälfte, nach der man so lange auf der Suche ist, bis man diese gefunden hat. Sein Großvater hatte ihm erzählt, dass manche Menschen ihr Leben lang suchen und ihrer anderen Hälfte nie begegnen. Andere wiederum begegnen ihrer anderen Hälfte und merken es nicht, weil die Begegnung zu kurz ist.

Wenn man seiner anderen Hälfte begegnet, dann spürt diese es auch, hatte der Großvater damals gesagt, als er von seiner Begegnung mit der Großmutter erzählte.

„Darum ist Clara vielleicht auf mich zugekommen", denkt Paul, „weil sie es auch spürt." ... „Wir werden erst ganz, wenn sich die beiden Menschen gefunden haben, die füreinander bestimmt sind", wiederholt Paul in Gedanken die Worte seines Großvaters.

Und jetzt ist sie da, diese Situation, die er schon so lange herbeigesehnt hat. Die Möglichkeit des Kennenlernens. Die Möglichkeit mehr von ihr zu erfahren und die Möglichkeit ihr zu zeigen, wer er ist. Die Möglichkeit herauszufinden, ob Clara wirklich seine andere Hälfte ist.

„Wollen wir uns in der nächsten Woche einmal treffen, eventuell in der Eisdiele? Das Wetter soll schön bleiben; oder ins Kino?", ergreift Paul die Initiative.

„Nächste Woche geht nicht und übernächste Woche wahrscheinlich auch nicht. Wir gehen ins Schullandheim", berichtet Clara freudig. „Wir starten am Sonntag und sind dann für zehn Tage in Hamburg. Kommen also irgendwann am Mittwoch-Abend in der übernächsten Woche zurück."

„Zehn Tage. Das kann nicht sein! Jetzt wäre eine gute Gelegenheit sich zu treffen und dann ist sie zehn Tage weg. Ich muss mich mit ihr freuen, auch wenn es mir lieber wäre, wenn sie da wäre", denkt Paul enttäuscht.

„Zehn Tage. Wow! Mit wem seid ihr unterwegs. Bestimmt mit der Kleinfeld?"

„Klar geht unsere Klassenlehrerin mit. Dann noch eine weibliche Begleitperson von der Sportschule, die braucht das wohl als Praktikum. Und als männliche Begleitperson geht der neue junge Lehrer mit, der Zeller. ... Wir sollten dann reingehen", ergänzt Clara und zeigt in Richtung des Schulhauses.

Paul war so auf Clara fixiert, dass er das Läuten zum Ende der Pause nicht bemerkt hat. Auch ist ihm entgangen, dass beide mittlerweile fast alleine auf dem Schulhof stehen. Nur vereinzelt werden noch ein paar Schüler von der Pausenaufsicht aufgefordert, nun endlich den Schulhof zu verlassen und ins Klassenzimmer zu gehen.

Mit einem kurzen „Tschüss, wir sehen uns!" verabschiedet sich Clara von Paul und beeilt sich ins Schulhaus zu kommen.

„Clara ist nicht Antons Freundin: Gut! ... Clara ist jedoch Antons Schwester: Schlecht! ... Ich weiß jetzt, warum Anton mich vorgestern angefallen hat: Gut!", wägt Paul die momentane Situation ab, während er sich in Richtung seines Klassenzimmers aufmacht. „Clara ist für zehn Tage weg: Schade! ... Sie hat nicht gesagt, dass sie sich mit mir treffen will: Schlecht! ... Sie hat aber auch nicht gesagt, dass sie sich nicht mit mir treffen will: Gut. ... Nein: Spitze!"

Frieden

Montag, 11. Oktober, 13.38 Uhr

„Alles wendet sich immer zum Guten", hat Pauls Großvater immer gesagt, wenn Paul etwas Negatives widerfahren war. „In allem Schlimmen steckt ein Samenkörnchen Gutes, auch wenn es noch so klein und lange nicht zu erkennen ist. Wenn du dieses Samenkörnchen betrachtest, dann wird es wachsen, immer schneller und von dem einst Negativen wird nichts mehr bleiben", erinnert sich Paul in Gedanken an die Worte seines Großvaters.

Auch hier hat der Großvater wieder recht. Die Angst vor Anton wurde in den vergangenen Tagen immer weniger. Am Freitag hatte Anton Paul links liegen lassen. Auch am Samstag, als sich beide zufällig in der Stadt begegnet sind. Und auch heute Morgen keine Regung und kein abfälliges Wort, als beide in der ersten Stunde in eine Gruppenarbeit eingeteilt waren.

„Das Samenkörnchen wächst!", sagt Paul leise lächelnd vor sich hin. „Die Aktion an der Sporthalle war brutal und überzogen, egal wie verärgert er über mich war, dies war absolut nicht in Ordnung. Vergessen werde ich es nicht, aber für den Moment so hinnehmen und es darauf beruhen lassen. Vor allem, nachdem sich alles gerade so gut entwickelt. ... Noch neun Tage, bis Clara wieder kommt! ... Das Samenkörnchen wächst!"

Paul spürt, wie die negativen Gefühle der vergangenen Woche immer mehr verschwinden, wenn er sich den positiven Dingen seines Lebens zuwendet und ganz oben steht hier momentan Clara.

Jetzt gilt es, Clara auch treffen zu können. Das „Verbot" von Anton an Clara am vergangenen Freitag, Clara soll sich von Paul fernhalten, war unbedingt ernst zu nehmen. Auch wenn bisher keine weitere Drohung von Anton erfolgt ist. Deswegen will sich Paul heute vor der Mittagschule noch kurz mit Herrn Sauber unterhalten. Er will klären, ob er wirklich einen Fehler bei der Behandlung von Clara gemacht hat und ob es nicht besser ist, Patienten bei solchen Verletzungen immer gleich zum Röntgen ins Krankenhaus zu schicken. Auch benötigt er etwas für das Gespräch mit Anton, mit dem er sich unbedingt vor der Rückkehr von Clara unterhalten will, um Frieden zu schaffen und Anton zu zeigen, dass er in Ordnung und nicht nachtragend ist.

„Hallo Paul, hast du schon lange gewartet?", die Worte von Herrn Sauber holen Paul aus seinen Gedanken zurück.
„Nein, Herr Sauber, ich hatte in der Mittagspause eh nichts vor."
„Gut, setzen wir uns doch ... wie kann ich dir weiterhelfen?"
„Ich wollte wegen eines Notfalls noch mal nachfragen, ob ich nicht eventuell einen Fehler gemacht habe."
„Um welchen Notfall geht es denn genau Paul?"
„Den am vergangenen Dienstag in der Sporthalle."
„Du meinst die Clara?"
„Ja ... aus der 8b."
„Ich kenne den Fall. Anna hat bei unserer letzten Dienstbesprechung am vergangenen Mittwoch davon berichtet. Aber erzähl du mir nochmal in Ruhe aus deiner Sicht, warum du glaubst, dass ihr nicht richtig gehandelt habt?"

Ja, das war der Sauber. Immer genau zuhören und genau nachfragen, bevor er etwas sagt. Die meisten Menschen hören nicht bis zum Ende zu. Die meisten Menschen fangen immer schon mitten im Satz an eine Antwort zu geben. In Ruhe kann Paul vom Notfall in der Sporthalle berichten. Das Nachfragen von Herrn Sauber beschränkt sich auf einige Detailfragen zur Hilfeleistung von Anna und Paul.

„Also ich sehe keine gravierenden Fehler. Hinterher sind wir immer klüger. Hinterher wissen wir immer mehr. Ihr habt alles so gemacht, wie ich es auch gemacht hätte: Pause, Eisbehandlung, leichte Kompression und Hochlagern. Dann von dir der Hinweis auf eine Creme für Sportverletzungen. Das Einzige, auf was man den Patient deutlicher hinweisen könnte, ist…"

„…gleich zum Arzt zu gehen, wenn die Schmerzen nicht nachlassen oder schlimmer werden", unterbricht Paul Herrn Sauber und ärgert sich, dass er diesen nicht hat ausreden lassen.

„Genau, Paul. Also, ab sofort bitte ich dich daran zu denken. Dies kann man ruhig zweimal sagen bzw. sehr deutlich darauf hinweisen, wenn man einen Patienten entlässt."

„Danke, Herr Sauber."

„Gerne Paul. Noch was: Fehler macht jeder. Selbstverständlich sollten in so einem sensiblen Bereich, in dem wir arbeiten so wenig Fehler wie möglich geschehen. Wenn wir jetzt an jede weitere Hilfeleistung oder an jede weitere Aufgabe in unserem Leben so herantreten, dass die Angst einen Fehler zu machen im Vordergrund steht, was passiert dann?"

„… Wir machen nichts mehr. … Wir trauen uns nichts mehr zu", entgegnet Paul.

„Richtig! Nur derjenige, der nichts macht, macht keine Fehler. Und damit ist auch niemandem geholfen. Egal ob bei einer Hilfeleistung oder bei irgendeiner anderen Aufgabe, die wir zu bewältigen haben. … Eigentlich ist es gerade anders herum: Wir sollten mehr Fehler machen in unserem Leben."

„Wieso mehr Fehler machen?" Verwundert sieht Paul Herrn Sauber an.

„Vielleicht habe ich es falsch ausgedrückt: Wenn wir Fehler vermeiden, dann wagen wir am Ende nichts mehr und uns wird immer weniger gelingen. Wenn wir stattdessen keine Angst haben Fehler zu machen und gleichzeitig lernen mit unseren Fehlern umzugehen, dann sind diese eine unerschöpfliche Quelle für unseren persönlichen Fortschritt und unsere persönliche Weiterentwicklung. Das heißt, wir werden stetig besser und trauen uns auch mehr und mehr zu. Durch einen Fehler verlierst du nicht an Ansehen, nur, wenn du nicht bereit bist mit dem Fehler konstruktiv umzugehen, aus dem Fehler zu lernen."

16.51 Uhr

Zufrieden schlendert Paul nach der Mittagschule nach Hause. Das Gespräch mit Herrn Sauber hat Paul Mut gemacht bei nächster Gelegenheit mit Anton zu reden.

„Eigentlich ist alles so einfach und logisch", denkt Paul. „Nach bestem Wissen und Gewissen handeln und mutig sein, etwas zu versuchen. Auch mal Fehler machen. Aus diesen dann lernen", fasst Paul die Worte von Herrn Sauber für sich zusammen.

„Das Samenkörnchen wächst. Alles wendet sich immer mehr zum Guten."

Die Dienstbesprechung

Mittwoch, 13. Oktober, 11.27 Uhr

Wieder sind zwei Tage vergangen. Auch am Montag und am Dienstag vor und nach der Schule war von Anton und seinen Helfern nichts zu sehen. Ebenfalls während der Schulzeit kein böses Wort und keine Drohung. Eigentlich wollte Paul Anton noch ansprechen, wegen des „Verbots" an Clara. Da sich noch keine passende Situation ergeben hat, beginnt Paul darüber nachzudenken, es eventuell ganz auf sich beruhen zu lassen. „Warum das Ganze wieder warmkochen? Manches löst sich von selbst, wenn alle Beteiligten etwas Zeit hatten darüber nachzudenken."

Jetzt muss Paul nur eine Entscheidung treffen: Ansprechen um es erledigt zu haben oder es seinlassen und dann auch nicht mehr daran denken. Dies war eine weitere Lektion, die ihm sein Großvater gelernt hatte: „Triff eine Entscheidung und handle nach dieser Entscheidung! Auch wenn sich später herausstellt, dass deine Entscheidung falsch war, so war sie doch in dem Moment, in dem du diese getroffen hast die richtige. Schlimmer ist, sich nie entscheiden zu können, ewig abzuwarten. Wäge sorgsam ab, entscheide und handle."

„Ich entscheide mich es sein zu lassen und erst wieder darauf zurück zu kommen, wenn Anton mir einen Grund gibt. Zum Beispiel, dass er sein Verbot wiederholt", nimmt sich Paul vor und erinnert sich daran, dass er Entscheidungen auch „leben" musste. „Entscheidungen leben" bedeutet, sich an die Entscheidung dann auch zu halten und nicht anzufangen, wieder und wieder darüber nachzudenken.

<u>11.38 Uhr</u>

Nach dem Ende der fünften Vormittagsstunde machen sich Anna, Maxi und Paul auf den Weg zum Saniraum. Heute steht wieder eine Dienstbesprechung an. Bereits die dritte seit vergangenem Mittwoch.

„Ziemlich viel", meint Maxi.

„Ist ja auch einiges passiert in den vergangenen Tagen", erwidert Paul. „Zudem möchte der Sauber heute mit Sicherheit über die Rückbesinnung zu den Notfällen sprechen. Darum sind wir Altsanis gemeinsam mit den Jungsanis eingeladen."

„Rückbesinnung? Was meint ihr damit?" Mit einem fragenden Gesicht sieht Anna Paul und Maxi an.

„Du erinnerst dich an unser Notfallprotokoll, welches wir nach dem Notfall in der Küche am vergangenen Montag noch ausgefüllt hatten?"

„Klar! Ach so, darüber nachdenken, was war und dann überlegen, wie wir nächstes Mal noch besser helfen können."

„Und darüber nachdenken, wie es dir dabei ging", ergänzt Maxi.

„Wieso, wie es mir dabei ging?"

„Der Sauber setzt sich mit uns einmal pro Vierteljahr zusammen und möchte auch von uns wissen, wie es uns eigentlich dabei geht. Ob uns ein Notfall im Nachhinein eventuell noch sehr lange beschäftigt. Oder sogar belastet. Wir haben immer wieder mal den ein oder anderen Sani, der sich nicht so gut dabei fühlt, weil ihn die manchmal schlimmeren Unfälle bedrücken."

„Da ist der Sauber dann da und hilft denjenigen", ergänzt Paul.

„Ja und dann sollen wir darüber nachdenken, was es uns gebracht hat."

„Uns gebracht? Wir tun doch was für die anderen, denen bringt es doch was."

„Und dir nicht? Du weißt doch nach dem Notfall mehr. Du hast zusätzliche Erfahrungen gemacht. Du lernst durch den Notfall. Du kannst danach noch besser helfen. Du lernst mit deiner Angst umzugehen und so weiter. Die Fragen, die der Sauber uns gibt, helfen uns dabei."

„Was für Fragen?"

„Jetzt warte einfach mal ab", beendet Maxi das Gespräch.

11.46 Uhr

Über zwanzig Personen haben sich im Saniraum der Schloss-Schule eingefunden. Einige sitzen auf den wenigen Stühlen. Andere haben es sich auf der Ruheliege oder dem Boden bequem gemacht. Die vielen Decken, die im Saniraum auch zu Übungszwecken lagern, dienen einigen als Unterlage.

Wie immer begrüßt Herr Sauber alle Anwesenden. Er fragt nach, warum die ein oder der andere fehlt und bittet dann darum die fehlenden Sanis über das heute Besprochene zu informieren. Wenn jemand öfters fehlt, dann führt Herr Sauber ein persönliches Gespräch und klärt mit dem Sani, wie es für ihn im Schulsanitätsdienst weitergehen soll. Da bei manchen schulisch manchmal viel ansteht, so momentan bei Tom und Lisa aus der 10b, können manche Sanis zu bestimmten Zeiten im Jahr nur reduziert am Schulsanitätsdienst teilnehmen.

Auch dankt Herr Sauber allen Sanis, dass diese nach der Dienstbesprechung am vergangenen Mittwoch sowie der kurzen Dienstbesprechung am Donnerstag in der großen Pause auch heute wieder bereit waren zu kommen.

„Manchmal passiert eben mehr als sonst und dann ist es wichtig, dass wir zeitnah darüber sprechen. In einer Woche drei größere Notfälle und zwei sogar mit Rettungswagen hatten wir noch nie", ergänzt Herr Sauber.

Kurz erwähnt Herr Sauber nochmals die Notfälle der vergangenen Woche: „Montag-Nachmittag eine Verbrühung in der Küche mit einer zweiten Patientin, die daraufhin Kreislaufprobleme bekam, weil diese sich die Schuld für den Unfall gab. Dienstag-Vormittag eine Verletzung am Fingergelenk in der Sporthalle und am Donnerstag ein epileptischer Anfall."

Auch berichtet Herr Sauber, wie es den einzelnen Patienten in der Weiterbehandlung ging. Bezüglich des epileptischen Anfalls von Klaus kündigt Herr Sauber eine Übungseinheit zum Umgang mit Patienten bei einem epileptischen Anfall mit Freiwilligen aus der Klasse von Klaus an. Klaus ist hiermit einverstanden. Auch viele seiner Klassenkameraden haben Interesse daran. Da die Übungseinheit gleich nach den Herbstferien stattfinden soll, können sich Sanis bei Herrn Sauber melden, die diesen Lehrgang gemeinsam mit Herrn Sauber gestalten möchten.

„Da Paul dabei war und mit den Rettungsassistenten sprechen konnte, wäre es gut, wenn du dabei sein könntest", wendet sich Herr Sauber direkt an Paul. An die Gruppe gerichtet, fährt Herr Sauber fort: „Auch wäre es noch hilfreich, wenn wir aus jeder Klassenstufe mindestens einen Sani dazubekommen könnten."

Da es sich im Falle von Klaus um einen Notfall handelt, bei dem die Wahrscheinlichkeit hoch ist, dass dieser wieder stattfindet, finden sich schnell Schulsanis, die bei dieser Übungseinheit helfen möchten.

„Auch das ist etwas Besonderes bei uns", flüstert Maxi Anna zu. „Wir dürfen und sollen den anderen etwas beibringen. So wie auch in der Übungswoche bei deinem Kurs. Der Sauber sagt hier immer, dass wir am besten lernen, wenn wir etwas lehren sollen und hat damit wirklich recht. Wenn ich etwas für den Kurs bei den Jungsanis vorbereitet habe, habe ich oft mehr gelernt, als wenn ich es nur vom

Sauber erfahren hätte. Der hat natürlich geholfen und ergänzt, wenn es nötig war."

Nach dem Rückblick auf die Notfälle der vergangenen Woche und der Bestimmung der Mannschaft, die sich um die Vorbereitung der Übungseinheit Epilepsie kümmert, fragt Herr Sauber noch die Wünsche der Sanis ab und möchte wissen, ob momentan alles nach den Vorstellungen der Sanis verläuft.

Der Vorschlag, die Rufbereitschaft auf drei Personen zu erhöhen, wird ohne Gegenstimme angenommen. Der Vorschlag, dass die Rufbereitschaften täglich wechseln sollen, zuerst abgelehnt. Nachdem die Befürworter nochmals darauf hinweisen, dass sie dann immer nur alle zwei Monate einmal eine Woche Dienst haben und gerne auch aus Übungsgründen öfters Dienst machen würden, wird eine Zwischenlösung gefunden: Immer drei Saniteams teilen sich ab sofort die Rufbereitschaft von zwei Schulwochen. Innerhalb dieser Zeit können sich die drei Saniteams selbst einteilen. Nur muss immer für alle ersichtlich am Infobrett des Schulsanitätsdienstes ausgehängt werden, welches Team Dienst hat.

Nachdem auch diese Sache geklärt ist, teilt Herr Sauber den versammelten Schulsanitäterinnen und Schulsanitätern mit, dass er zu einer weiteren Dienstbesprechung, bei der alle Sanis wieder anwesend sein sollen, erst wieder nach den Herbstferien einladen wird. Den Treffpunkt am Mittwoch aber immer all denjenigen anbietet, die Fragen haben und natürlich bei Bedarf das ein oder andere Team speziell für den Mittwoch einladen wird, um eine persönliche Rückbesinnung zu den Notfällen der Woche durchzuführen.

„Dies wären heute Anna, Paul und Maxi. Die anderen können gehen. Ich wünsche euch noch einen schönen Nachmittag. Bis morgen", beendet Herr Sauber die heutige Dienstbesprechung.

Die Rückbesinnung

12.09 Uhr

Nachdem bis auf Anna, Paul und Maxi alle Schulsanitäterinnen und Schulsanitäter der Schloss-Schule das Sani-Zimmer verlassen haben, bittet Herr Sauber die drei am Tisch Platz zu nehmen.

Wie immer, wenn Herr Sauber eine Rückbesinnung mit seinen Schülerinnen und Schülern durchführt, hat er ein Blatt mit Leitfragen und etwas zum Schreiben dabei.

Paul und Maxi kennen den Ablauf: In Ruhe die Frage lesen. Dann in Gedanken zurückgehen und die wichtigsten Dinge, die einem zur Beantwortung der Frage in den Sinn kommen, aufschreiben. Dabei nicht reden oder mit den anderen diskutieren, da diese Rückbesinnung für jeden Einzelnen persönlich ist und jeden auf individuelle Weise weiterbringen soll.

Mit Anna setzt sich Herr Sauber etwas weiter weg, um die Jungs bei ihrer Rückbesinnung nicht zu stören. Von Anna hat Herr Sauber erfahren, was Maxi ihr schon zur Rückbesinnung erzählt hat.

„Das stimmt Anna, die Fragen beziehungsweise das Nachdenken über diese Fragen sollen dich weiterbringen, da viele Erlebnisse, die wir haben sehr wertvoll sind."

„Wertvoll?"

„Ja! Es ist so, dass wir jeden Tag eine Vielzahl an Erlebnissen haben und erst, wenn wir über eines oder über mehrere dieser Erlebnisse konkret nachdenken, diese zu unseren Erfahrungen werden und diese Erfahrungen helfen uns dann in Zukunft besser zu handeln. ... Du kennst bestimmt ein Beispiel, wo du etwas gemacht und dann über das Ergebnis nachgedacht hast und jetzt anders handelst."

„Klar! Wenn ich von meinem Dad etwas will, dann muss ich ihn auf eine ganz bestimmte Art und Weise fragen, bei meiner Mutter ist das anders."

Herr Sauber lacht. „Genau so funktioniert das Ganze: Ich mache etwas oder mir passiert etwas. Ich denke darüber nach, was ich gemacht habe und ziehe meine Lehren daraus. ... Leider handeln die meisten Menschen viel zu selten so. Vor allem in der Schule! ... Nimm zum Beispiel die Erlebnisse, die du während einem Projekt hast oder bei der Vorbereitung und Durchführung von Präsentationen, Referaten, Prüfungen, Klassenarbeiten und so weiter. Wenn du in Ruhe über das nachdenkst, was du gemacht hast, dann ist dies der erste Schritt wertvolle Ideen für eine gleiche oder ähnliche Situation in der Zukunft zu haben. Du hast dieses Erlebnis dazu benutzt, dich selbst weiterzuentwickeln, besser zu werden und in Zukunft noch besser handeln zu können. Das meinte ich vorhin, als ich von wertvollen Erlebnissen sprach. ... Und damit die Dinge, die dir im Schulsanitätsdienst passieren nicht einfach ungenutzt vorbeigehen, dafür ist dieses Blatt."

Rückbesinnung zu meiner Rufbereitschaft im Schulsanitätsdienst an der Schloss-Schule Künzelsau

1. Was habe ich in der vergangenen Woche im Schulsanitätsdienst gearbeitet?
2. Wie ging es mir dabei (was habe ich dabei erlebt, gefühlt...)?
3. Was bedeutet das (z. B. für unser Team, für meine Zukunft)?
4. Was habe ich für mich erreicht?

Auf dem Blatt, welches Herr Sauber Anna gibt, stehen die vorstehenden Fragen. Nach jeder Frage hat Herr Sauber Platz gelassen, so dass Anna ihre Gedanken notieren kann. Herr Sauber bittet Anna die Fragen in Ruhe zu lesen, in Ruhe nachzudenken und dann das zu notieren, was ihr einfällt. Ob dies stichwortartig geschieht oder in ganzen Sätzen, bleibt ihr überlassen. Falls Anna mehr Platz zum Schreiben benötigt, so stehen ihr weitere leere Blätter zur Verfügung. Da das Ganze freiwillig ist, darf sie selbst entscheiden, ob sie die Fragen beantworten möchte oder nicht. Der Bitte, es einfach mal auszuprobieren, kommt Anna gerne nach.

Normalerweise verlässt Herr Sauber jetzt immer den Raum und lässt seine Sanis den Bogen alleine ausfüllen. Da Anna jedoch eventuell noch eine Frage haben könnte, setzt er sich ans Fenster und sieht auf den Pausenhof. Paul und Maxi sind mit der Beantwortung der Fragen schon fast fertig.

Anna liest: *„1. Was habe ich in der vergangenen Woche im Schulsanitätsdienst gearbeitet?",* und denkt: „Oh Mann, das war viel! Stichwortartig aufschreiben genügt, hat der Sauber gesagt. ... Also: Beginn der Rufbereitschaft mit Paul. Notfall am Montag-Nachmittag in der Küche. Wie wir genau geholfen haben: Siehe Notfallprotokoll. Notfallprotokoll ausgefüllt und Tasche wieder gerichtet. Dienstag ein Notfall in der Sporthalle. Fingergelenksverletzung. Wieder Notfallprotokoll ausgefüllt und mit Paul die Tasche gerichtet. Mittwoch in der großen Pause einem Fünftklässler nach einem Sturz die Hand verbunden. Ab Mittwoch Dienst mit Maxi, da Paul wegen seiner Verletzung mit Maxi getauscht hat. Donnerstag und Freitag keine Notfälle selbst erlebt. Nur Rufbereitschaft. Am Donnerstag noch eine kurze Dienstbesprechung und etwas über den epileptischen Anfall von Klaus erfahren."

„2. Wie ging es mir dabei (was habe ich dabei erlebt, gefühlt...)? ... Herr Sauber, warum soll ich darüber nachdenken, was ich gefühlt habe", fragt Anna leise.

„Wir bestehen nicht nur aus einem Kopf und Gedanken, sondern wir sind Menschen, die immer etwas fühlen. Diese Gefühle können uns in manchen Situationen helfen, manchmal auch behindern. Auch die Betrachtung dessen, wie es uns in einer bestimmten Situation ging, was wir gefühlt haben, bringt uns weiter. Daher diese Frage. Probier es einfach aus."

Während sich Anna daran macht, über die zweite Frage nachzudenken, verabschiedet sich Maxi, der mit der Beantwortung seines Bogens bereits fertig ist.

„2. Wie ging es mir dabei (was habe ich dabei erlebt, gefühlt…)?
… Als ich die Rufbereitschaft begonnen habe, habe ich mich gefreut, war aber auch angespannt. Beim Notfall am Nachmittag hatte ich zunächst Angst und war aufgeregt. Dadurch, dass Paul dabei war und eine angenehme Ruhe ausgestrahlt hat und dadurch, dass wir wirklich helfen konnten, wurde ich viel ruhiger und sicherer. Ich fühlte mich richtig gut. Die Angst war ziemlich schnell weg. Mir ist etwas gelungen und ich fühlte mich immer besser. Zum Schluss, als der Notfall um war, war ich sogar stolz auf mich. Stolz auf das, was ich geleistet habe. … Beim Notfall am Dienstag in der Sporthalle war ich am Anfang wieder aufgeregt. Angst hatte ich keine, nachdem die Hilfeleistung am Montag so gut geklappt hat. Als ich merkte, dass es Clara durch meine Behandlung besser ging, wurde ich wieder absolut sicher in dem, was ich tat und fühlte mich gut. … Am Mittwoch dann die Behandlung von dem Fünftklässler. Da war ich wieder stolz, dass er zu mir kam und sich bedankt hat. Ein gutes Gefühl jemand anderem zu helfen! … Donnerstag und Freitag waren dann wieder spannend. Positiv spannend, ob etwas passieren wird oder nicht. Am Ende der Woche war ich dann traurig darüber, dass ich nicht weitermachen konnte. Gerne hätte ich gleich noch eine Woche Rufbereitschaft gemacht. Ach ja, und der Donnerstag. Den Notfall, den Paul alleine erlebt hat. Bei so einem Anfall hätte ich noch nicht alleine helfen wollen."

Mittlerweile ist auch Paul mit seiner Rückbesinnung fertig, verabschiedet sich und macht sich auf den Nachhauseweg.

„3. Was bedeutet das (z. B. für unser Team, für meine Zukunft)?
… Für unser Team bedeutet es, dass wir immer besser miteinander harmonieren, dass wir immer besser zusammen arbeiten können und so immer besser helfen können", denkt Anna. „Für mich

bedeutet es, dass auch ich immer besser werde, dass ich eigentlich keine Angst vor einem Notfall haben muss, da ich immer irgendwie helfen kann. Für mich bedeutet es auch, dass andere sich auf mich verlassen können", zählt Anna weiter auf.

„Herr Sauber, bei der vierten Frage: *Was habe ich für mich erreicht?* Da kann ich doch das gleiche schreiben, wie bei 3. *Was bedeutet das für meine Zukunft?*"

„Nicht unbedingt Anna. Die vierte Frage ist dazu da, dass du dir nochmals Gedanken machst, warum du etwas überhaupt tust? Du bist aus bestimmten Gründen im Schulsanitätsdienst. Du hast ein bestimmtes Ziel für dich. Zur Überprüfung deiner eigenen Gründe und Ziele soll dir diese Frage helfen."

„4. Was habe ich für mich erreicht? ... Hmm? ... Ich bin in den Schulsanitätsdienst gegangen, weil ich anderen in einer Notsituation richtig helfen können möchte. ... Die letzte Woche hat mir dabei geholfen. Diesem Ziel bin ich nun näher gekommen. ... Und was jetzt Herr Sauber, ich bin fertig!"

„Das Blatt und die Antworten sind nur für dich alleine. Wenn du mit mir darüber sprechen möchtest, so kannst du dies jetzt tun oder auch in den kommenden Tagen jederzeit zu mir kommen. Hast du sonst noch Fragen?"

„Ja, warum trennen Sie das mit den Fragen so auf? Einmal das Notfallprotokoll und dann das ganz persönliche Zurückerinnern, was ich gerade gemacht habe."

„Beim Notfallprotokoll steht die fachliche Seite im Vordergrund. Du sollst dabei sachlich und fachlich den Einsatz Revue passieren lassen und dann ggf. über eine bessere Strategie und weitere unterstützende Maßnahmen nachdenken. Und bei diesem Bogen, das hatte ich vorhin erwähnt, ist es so, dass es nicht nur das Fachliche gibt, sondern auch uns, den Menschen, mit all dem, was wir fühlen und denken, unseren eigenen persönlichen Zielen und Wünschen. Nur wenn wir uns diese immer wieder bewusst machen, erfahren wir auch, ob wir auf dem richtigen Weg sind und ob uns das, was wir machen auch guttut. Ich mache dir folgenden Vorschlag: Lass dies jetzt einfach mal auf dich wirken und probiere es bei Gelegenheit wieder aus. ... Mit ähnlichen Fragen und in einer anderen Situation."

„Wie meinen Sie das?"

„Zum Beispiel nach einem Referat oder einer Hausarbeit oder der Vorbereitung auf eine Klassenarbeit: A. Zähle auf, was du genau gemacht hast. B. Denke darüber nach, wie es dir dabei ging. C. Finde heraus, wie es dich weitergebracht hat."

„Ja, aber dann weiß ich doch noch nicht, wie ich es besser machen kann?"

„Zum Teil weißt du es: Dies sind die Dinge, die dir besonders gut gelungen sind und die du somit unbedingt beibehalten solltest. Und zum anderen hilft es dir, dass du ganz genau weißt, wo du noch Nachholbedarf hast."

„Und ich dann in der Schule oder zuhause nachfragen kann!"

„Genau! ... Du wirst auch sehen, dass du während du nachdenkst auch Ideen hast, die dir beim nächsten Mal helfen werden, sodass du zufriedener mit dem Ergebnis wirst und auch mit dem was du machst. ... Vor allem immer dann, wenn du selbst siehst, wie dich etwas weitergebracht hat."

„Klingt gut! ... Probier ich aus. Tschüss Herr Sauber."

„Tschüss Anna."

Eine lange Woche, die schnell vergeht

Donnerstag, 14. Oktober, 16.32 Uhr

Es gibt Tage, die vergehen wie im Fluge, dann wiederum gibt es Stunden, die gar nicht zu verrinnen scheinen.

Immer wenn Paul an Clara denkt und an den kommenden Mittwoch, an dem diese aus dem Schullandheim zurückkommen wird, scheint die Zeit sich wie im Schneckentempo fortzubewegen. Am liebsten würde er sich eine Woche in die Zukunft schicken.

„Warum verrinnt die Zeit so schnell, wenn ich etwas tue, was mir Spaß macht. Und warum scheint die Zeit so langsam zu vergehen, wenn ich auf etwas warte?", fragt Paul Maxi, mit dem er sich nach dem Nachmittagsunterricht noch vor dem Schulhaus unterhält.

„Wobei die Zeit immer gleichschnell vergeht!", antwortet Maxi. „Mein Vater hat gesagt, dass wenn mir die Zeit zu schnell vergeht, dass ich dann einfach Neues in mein Leben lassen soll, einen Weg anders gehen, einfach aus der gewohnten Routine ausbrechen, was anderes essen, trinken und so weiter."

„Und was sagt dein Vater, was man tun kann um die Zeit zu beschleunigen?"

„Wieso soll die Zeit schneller umgehen? Ziel ist es doch, so viel wie möglich von seiner Zeit zu haben."

„Na, zum Beispiel die Englischstunden bei der Maier, die dürfen doch schnell umgehen. Tun sie aber nicht."

„Doch, dafür gibt es auch einen Trick."

„Und welchen?"

„Also, mein Vater hat mir da den Tipp gegeben, einfach mitzumachen. Wenn ich in einer Situation bin, die schnell für mich umgehen soll, dann soll ich mich bemühen, mich mit etwas zu beschäftigen. Ich soll nicht dasitzen und vor mich hin träumen und darauf warten, dass es endlich vorbei ist. In Englisch, bei der Maier also einfach mitmachen und Schwups, merkt man gar nicht, wie schnell die Stunde eigentlich umgegangen ist."

„Und Schwups ist Englisch bei der Maier um. Nicht schlecht", entgegnet Paul lachend, während Maxi ins Auto zu seiner Mutter steigt, die ihn wie jede Woche zum Tennistraining bringt. „Hallo Frau von Hain. Tschüss Maxi, bis morgen."

„Warum eigentlich nicht", denkt Paul auf dem Heimweg. „Bisher habe ich immer nur an die nächste Woche an den Mittwoch bzw. an den Donnerstag gedacht, an dem Clara wieder in der Schule sein wird. Vielleicht sollte ich mich mehr auf das Hier und Jetzt besinnen und mich mit Dingen beschäftigen, die sowieso getan werden müssen."

So nimmt sich Paul vor, die Zeit, die er ohnehin am Vormittag in der Schule verbringt, mit aktiver Teilnahme zu füllen und am Nachmittag all die Dinge aufzuarbeiten die liegengeblieben sind. Und sich am Abend ganz besonders um seine Pflichten im Haushalt zu kümmern. „Da wird sich auch Beate freuen. Probieren wir es aus."

Anders als erwartet, ist die Woche doch schneller vergangen, als Paul gedacht hat. Die Konzentration auf verschiedene Aufgaben, die Beschäftigung mit Dingen, die ohnehin getan werden mussten, hatten noch einen weiteren positiven Nebeneffekt. Paul war zufriedener, da vieles, was er bisher vor sich hergeschoben hatte, nun erledigt war.

Clara ist zurück

Donnerstag, 21. Oktober, 7.01 Uhr

„Seit gestern ist Clara wieder zurück. Klasse! Heute frage ich sie, ob sie sich mit mir treffen will!"

Mit einer unbeschreiblichen Freude ist Paul heute aufgestanden. Den Frühstückstisch hat er schon gestern Abend gedeckt und da seine Mutter heute keinen frühen geschäftlichen Termin hat, können beide noch gemeinsam frühstücken.

„Du wirkst so glücklich, mein Junge. In der Wohnung blitzt alles und die Schule scheint dir auch wieder Spaß zu machen", bemerkt Pauls Mutter.

„Ja, momentan läuft alles", entgegnet Paul strahlend. „Wie wäre es, wenn wir am Wochenende mal wieder etwas gemeinsam machen? Oder möchtest du mit deiner alten Mutter nicht mehr gesehen werden?"

Die Worte „alte Mutter" hat Pauls Mum besonders betont ausgesprochen und Paul dabei angegrinst, da sie eigentlich mit Abstand die jüngste Mutter in Pauls Klasse ist und bei manchen Menschen wegen ihrer zierlichen Art auch schon als ältere Schwester von Paul durchgegangen ist.

„Kino am Samstag-Abend wäre gut. Da kommt ein Film, bei dem ich die Begleitung eines Erwachsenen benötige. Frei ab 16. Ist ein Jungsfilm. Viel Geballer und so. Wenn du dir das antun würdest, wäre super."

„Und wie wäre es mit Disco? Bis 0.00 Uhr. Ins Musicland? Du bist 15 und wenn ich mit zur Kasse komme und dich vor Mitternacht wieder abhole, müsste das gehen."

„Wow, noch besser! Kann eventuell auch Maxi mit?"

„Warum nicht. Sprich mit Maxi darüber. Wenn dessen Eltern einverstanden sind, so holen wir ihn am Samstag-Abend um 21 Uhr ab und bringen ihn kurz nach 0.00 Uhr wieder nach Hause."

Paul wollte schon lange einmal ins Musicland. Von den Mädels in seiner Klasse und von einigen Jungs hat er bereits gehört, dass diese regelmäßig dort waren und es super sein soll. Letztes Jahr vor allem am Sonntag-Nachmittag zur Jugenddisco und seit diesem Jahr waren auch immer wieder einige am Samstag-Abend bis Mitternacht dort. Wenn diese einen Erziehungsberechtigten oder eine entsprechende Erlaubnis dabeihatten.

„Ob auch Clara schon dort war oder vielleicht sogar samstags dort ist? Das wird ja alles immer besser", denkt Paul, während er seinen Becher Tee austrinkt und sich den letzten Bissen Zopf mit Erdbeermarmelade in den Mund steckt.

7.25 Uhr

Paul hat sich in der Nähe des Eingangs zur Schule positioniert. Vorgenommen hat er sich, dass er Clara vor der Schule ganz beiläufig von weitem grüßen möchte und dann in der großen Pause direkt auf sie zugeht. Nochmal nachfragt, wie es ihrem Finger mittlerweile geht, wie das Schullandheim so war und dann ... ob sie sich auch einmal außerhalb der Schule mit ihm treffen möchte.

8.24 Uhr

„Das mit dem Grüßen von weitem hat geklappt", denkt Paul. „Hat sie sich jetzt gefreut, mich zu sehen oder nicht?" Clara hatte nur beiläufig genickt und sich dann weiter mit Mia unterhalten.

Auf die momentane Mathestunde kann und will sich Paul nicht so recht konzentrieren. Seine Gedanken schwirren weiterhin um den nächsten Schritt, den er vorhat: Clara in der Pause ansprechen. Dass Mia wohl auch bei ihr stehen wird, damit hat er sich abgefunden. Maxi mit einzusetzen, damit dieser Mia beschäftigt, damit er mit Clara in Ruhe reden kann, wollte er nicht. Dies hätte bedeutet Maxi zu sagen, dass er Clara sehr nett findet. Doch das sollte noch eine Weile warten.

9.40 Uhr

„Hallo Clara, hallo Mia", so als ob die Begegnung zufällig geschieht, spricht Paul die beiden Mädchen auf dem Weg in den Pausenhof an.

„Wie geht es eigentlich mittlerweile deinem Finger? Die Schiene hast du ja noch."

„Ganz gut. Heute nach der Schule hab ich nochmal einen Termin im Krankenhaus. Dann wird entschieden, wie es weitergeht."

„Und wie war es so bei euch im Schullandheim?"

„Echt geil!", antwortet Mia mit großen Augen.

„Aber anstrengend", ergänzt Clara. „Wir haben viel gesehen..."

„...und hatten nachts wenig Schlaf", fügt Mia kichernd hinzu.

Bevor Paul eine weitere Frage stellen kann, wird er von hinten unsanft angerempelt. Anton hat die Unterhaltung der drei bemerkt. Verärgert darüber, dass der deutliche Hinweis an Paul, sich nicht mit seiner Schwester zu unterhalten, anscheinend nicht angekommen ist, hat er Paul angerempelt. Ohne Worte und ohne sich umzudrehen ist Anton weitergegangen. Dies war ein erneuter Hinweis an Paul sich fernzuhalten.

„Deinem Bruder scheint es nicht zu gefallen, dass wir uns unterhalten", beginnt Paul erneut das Gespräch, nachdem er sein Gleichgewicht wieder gefunden und der verärgert wirkende Anton sich entfernt hat.

„Ich hatte dir ja gesagt, ein Bruder muss auf seine Schwester achten. Wenn das Absicht war, so übertreibt Anton jedoch. Entschuldige, dass er dich so angerempelt hat. Ich rede mal mit ihm."

„Mach dir keine Gedanken. Sollen wir uns mal woanders unterhalten, wo dein Bruder uns nicht sieht und sich dann nicht darüber ärgern muss?"

„Und wer passt dann auf mich auf?", mit einem Lächeln auf den Lippen beginnt Clara erneut das Spiel, bei dem sie den Jungen, der ihr da gegenübersteht etwas herausfordern will. Ein Spiel, bei dem sie herausbekommen möchte, wie er so ist, wie er so reagiert.

„Muss man auf dich denn aufpassen?"
„Die Antwort war gut", denkt Clara.

„Ich könnte doch mitkommen und auf dich aufpassen!", wirft Mia treuherzig ein. „Heute Mittag wollten wir doch ohnehin in die Eisdiele. Solange das Wetter so toll ist, müssen wir dies ausnützen."

„Na prima, Clara mit ihrem Schatten wollte ich eigentlich nicht treffen. ... Doch besser ein Treffen mit Clara und Mia als kein Treffen mit Clara", denkt Paul.

„Ich könnte doch auch mitkommen", wirft Maxi ein, der die drei auf dem Pausenhof hat stehen sehen und beim Näherkommen den Vorschlag von Mia gehört hat.
„Wann wolltet ihr in die Eisdiele?"
„So zwischen 14 und 14.30 Uhr", antwortet Mia schnell.
„Also, wenn ihr einverstanden seid, so schließen wir uns euch an."
„Au ja, ich wollte auch schon immer etwas über den Schulsanitätsdienst erfahren. Dann könnt ihr mir heute Nachmittag darüber alles erzählen. Was man da so genau macht, wie ich da reinkomme und so weiter...", entgegnet Mia weiter aufgeregt.
„Einverstanden. Dann treffen wir uns zu viert. Ein Thema für heute Nachmittag haben wir ja jetzt auch", ergänzt Clara, bevor sie mit einem „Tschüss, bis heute Nachmittag!" Mia sanft weiterschiebt.

„Gute Aussichten für heute Nachmittag. Kommst du bei mir vorbei, bevor wir zur Eisdiele fahren", fragt Maxi.

„Klar!", entgegnet Paul zufrieden.

Der Schulsanitätsdienst

13.45 Uhr

Überpünktlich ist Paul bei Maxi erschienen, sodass er noch eine ganze Weile darauf warten muss, bis Maxi endlich fertig ist. Gehetzt wirkend tritt dieser aus der Haustüre und macht sich auf den Weg zur Garage um sein Fahrrad zu holen.

„Du bist aber früh dran, kannst es wohl gar nicht erwarten die Clara zu sehen!", grinsend sieht Maxi seinen Freund an, während er sein Fahrrad aus der Garage schiebt. „Erzähl mir jetzt bloß nicht, dass du ja eigentlich lieber der Mia was über unseren Schulsanitätsdienst erzählen möchtest und die Clara nur zufällig dabei ist."

„Wieso denn, die Mia ist doch nett", versucht Paul von der ersten Frage von Maxi abzulenken.

„Klar, nett, aber noch ganz schön kindisch. Zumindest vom Aussehen. Die passt eher in die siebte Klasse. Die Clara dagegen…"

„…was ganz anderes. Ja. … Es wäre toll, wenn du dich etwas um die Mia kümmern könntest. Ich würde Clara gerne näher kennenlernen und wo Clara ist, ist leider auch immer Mia", wirft Paul ein.

„Die Clara, also doch!", schmunzelnd sieht Maxi seinen Freund Paul an. „Okay, geht klar. Schauen wir mal, was geht." Und fügt nach kurzem Überlegen hinzu: „Aber wehe, wenn du in Zukunft meinst dich mehr um Clara, als um mich kümmern zu müssen, dann…"

„…kein dann. Nur kennenlernen. Und was uns angeht, ich wüsste nicht, was jemals zwischen uns stehen könnte. Wie sieht es eigentlich bei dir mit Musicland am Samstag aus?", versucht Paul erneut das Thema zu wechseln, während er sich auf sein Rad schwingt und langsam in Richtung Straße fährt. Nachdem Maxi zu Paul aufgeschlossen hat, radeln die zwei Jungs nebeneinander durch das Wohngebiet in Richtung Stadtmitte. Nur ab und an, wenn ein Auto zu hören ist, fahren beide kurz hintereinander.

„Das mit Musicland geht. Meine Eltern haben nichts dagegen. Jedoch erst nächste Woche Samstag. Meine Mutter hat eine Woche Urlaub gebucht. Teneriffa und wollte uns damit überraschen. ... Ist ihr auch gelungen. Wir fliegen morgen Abend."
„Na dann muss Beate zweimal ran. Diese Woche mit mir ins Kino und nächste Woche uns ins Musicland bringen. ... Das ist ja fast so gut wie eine Woche Teneriffa!"
„Aber nur fast", entgegnet Maxi schmunzelnd. „Auf jeden Fall freue ich mich darauf, mal ins Musicland zu kommen."
„Ich auch! Bin gespannt, wen wir aus unserer Klasse oder von der Schule treffen?"
„Mit Sicherheit die ganzen 10-er. Zumindest die meisten. Das *Land* soll ja auch klasse sein."

So, als ob Maxi schon häufig im Musicland war, hat er die interne Bezeichnung der Disco auf Englisch ausgesprochen. Das „Land", wie die Disco unter den Jugendlichen genannt wird, hatte vor zwei Jahren neu aufgemacht und ist im Umkreis von Künzelsau etwas ganz besonderes, vor allem, weil es die erste richtige Disco in der Gegend ist. Durch die gute Verkehrsanbindung, direkt neben einer Autobahn liegend, ist auch immer einiges los, sodass sogar viele Jugendliche und junge Erwachsene aus den größeren Städten den Weg ins Musicland finden.

„Ich bin gespannt, wie es drinnen aussieht. Was ziehen wir an?"
„Jeans und ein weißes T-Shirt. Da gibt´s bestimmt auch Schwarzlicht. Dann leuchtet das T-Shirt. Sieht bestimmt gut aus."

„Schauen wir mal", entgegnet Paul, während er vor der Eisdiele anhält und sein Fahrrad in den Fahrradständer schiebt. Bei der Anfahrt hatte er die beiden Mädels, mit denen Maxi und er sich treffen wollen, bereits an einem Tisch im Freien sitzen sehen.

„Die beiden sind schon da. Gutes Zeichen", denkt Paul lächelnd.

14.09 Uhr

Freundlich begrüßen sich die vier, wobei Mia diejenige ist, die die beiden Jungs gleich mit einer leichten Umarmung und Küsschen auf die Wange links und rechts begrüßt; so, als ob sie die beiden schon längere Zeit kennt.

Nachdem auch die beiden Jungs gewählt haben, Spaghetti-Eis mit extra viel Erdbeersoße, kommt Mia auf ihren Wunsch von heute Vormittag zurück.

„Also ich finde das super, wie ihr Clara habt helfen können und vor allem bei dem schlimmen Notfall in der Küche am Montag vor zwei Wochen."

„Warst du auch da?", wirft Paul ein.

„Klar, ich habe in der siebten Klasse Hauswirtschaft gewählt und habe jeden Montag-Nachmittag bei der Koch HTW (Hauswirtschaft und Textiles Werken). Ich habe doch die Annabelle mit betreut!", ergänzt Mia vorwurfsvoll und leicht verärgert, dass Paul sich nicht an sie als Helferin erinnern kann.

„Stimmt", denkt Paul, „die Mia war auch da und hat sich mit einer anderen Schülerin um das Mädchen gekümmert, die ich in die Schocklage gelegt hatte. „Sorry Mia, bei so einem Notfall achtet man hauptsächlich auf die Verletzten und diejenigen, denen man helfen muss", versucht Paul Mia seine Erinnerungslücke zu erklären und wendet sich mit einem vorsichtigen: „Warst du auch da?", an Clara.

„Nein, ich habe statt Hauswirtschaft eine weitere Fremdsprache gewählt und habe zu dem Zeitpunkt immer Spanisch. Cocinar y hornear, tráeme mi madre."

Mit fragenden Augen sehen die beiden Jungs Clara an.

„Das war Spanisch und heißt: Kochen und Backen bringt mir meine Mutter bei. ... Beziehungsweise hat sie schon eine ganze Menge. Mein zukünftiger Mann wird also bei mir nicht verhungern oder selbst kochen müssen, es sei denn er will", fügt Clara grinsend an.

„Also, wie sieht das jetzt mit dem Schulsanitätsdienst aus?", versucht Mia wieder das Gespräch in die Richtung zu bringen, die sie eigentlich vorhat.

„Was möchtest du wissen?", mischt sich nun auch Maxi in die Unterhaltung ein, da er Paul ja versprochen hat, sich etwas um Mia zu kümmern beziehungsweise Mia etwas abzulenken.

„Alles! Was man da so das ganze Jahr über macht? Wie das mit der Ausbildung aussieht? Was ich machen muss, um da mitzumachen? Und so weiter... ."

„Es ist immer schön, über etwas berichten zu können, über das man sich gut auskennt", denkt Maxi und überlegt, wie er wohl anfangen könnte. Er entscheidet sich zuerst einmal einen groben Überblick über die Tätigkeit im Schulsanitätsdienst zu geben, bevor er Mia Einzelheiten etwas genauer erklären will.

„Also, zuerst bekommt jeder eine Ausbildung beim Sauber, dann sprechen wir gemeinsam einen möglichen Dienstplan ab und danach gibt es weitere Übungseinheiten und Fortbildungen und Besuche bei externen Partnern."

„Externe Partner? ... Wer oder was ist das?"

„Na, zum Beispiel das Krankenhaus ist ein Partner von uns. Wir erfahren dort, wie es nach einem Notfall weitergeht, wenn der Rettungswagen einen Patienten zum Krankenhaus gebracht hat."

„Und was passiert da genau?"

„Das kommt ganz auf die Art des Notfalls an. Ob der Patient zunächst in die *Innere Ambulanz* oder die *Chirurgische Ambulanz* gebracht wird. Ein Patient mit einem Verdacht auf einen Herzinfarkt kommt auf die *Innere Ambulanz* und dann im Anschluss meist sofort auf die Intensivstation. Ein Patient mit zum Beispiel einem Armbruch auf die *Chirurgische Ambulanz*."

„Und dort wird man dann geröntgt und weiterbehandelt. So war es zumindest mit meinem Finger", wirft Clara ein.

„Genau! Du selbst gehst dort hin, wenn dein Hausarzt geschlossen hat. Oder im schlimmsten Fall bringt dich ein Rettungswagen hin und dann wird dort abgeklärt, ob du nach der Behandlung wieder nach Hause kannst, oder für ein paar Tage stationär im Krankenhaus aufgenommen werden musst."

„Die Besuche bei unseren externen Partnern sind megainteressant", ergänzt Paul. „Wir bekommen nicht nur eine Führung durch die Räumlichkeiten und dann genaue Informationen, wie es mit den Patienten weitergeht, sondern auch zu den Berufen wie Krankenpflegerin und Krankenpfleger, Assistenten in Ambulanz und Operationssaal, Ärztin, Arzt, Personal der Röntgenabteilung und Intensivstation. Auch Infos zu Reha und Pflegeheim."

„Zweimal Spaghetti-Eis mit extra Soße für die Herren." Elegant und mit einem netten italienischen Akzent hat der ältere Eisdielenbetreiber der Künzelsauer Eisdiele Venezia die beiden Portionen Spaghetti-Eis vor Paul und Maxi hingestellt, über die sich die beiden Jungs gleich gierig zu schaffen machen.

„Verschluckt euch nicht, sonst benötigen wir eventuell noch den Rettungsdienst", merkt Clara lachend an, nachdem sie den beiden eine Weile zugesehen hat und den Eindruck gewonnen hat, dass sich hier zwei zum Spaghetti-Eis-Wettessen gefunden haben.

„Es schmeckt aber so gut!", mit vollem Mund und einem übervollen Löffel in der Hand versucht Maxi sein Verhalten zu erklären. Ebenfalls mit vollem Mund und die nächste Portion aufladend nickt Paul nur zustimmend.

„Wisst ihr eigentlich, dass ihr nicht viel von eurem Eis habt, wenn ihr so schnell esst. Die Geschmacksnerven sind nicht im Magen, sondern auf der Zunge", wirft nun auch Mia mit belehrendem Unterton ein. „Also langsamer essen, genießen und weitererzählen. ... Wir waren bei den externen Partnern: Krankenhaus, Pflegeheim, Reha und so."

„Wir waren auch schon in der Rettungsleitstelle in Gaisbach und haben dort mitbekommen, wie in der Leitstelle bei einem Notfall gearbeitet wird", beginnt Paul noch leicht schmatzend und einen Rest Eis in seinem Mund sortierend.

Der Besuch der Rettungsleitstelle war für Paul und die anderen Schulsanitäter im Kurs 1 der Künzelsauer Schule ein Highlight ihrer Ausbildung. Noch bevor der Leitstellenleiter die ganze Ausstattung und die notwendigen Gerätschaften erklären konnte, kam ein erster Notfall „herein". Eine junge Frau war in der benachbarten Reithalle vom Pferd gestürzt, kurz bewusstlos, dann zwar wieder ansprechbar, konnte aber nicht mehr aufstehen. Ein Rettungsfahrzeug mit zwei Rettungsassistenten wurde alarmiert und zum Notfallort geschickt. Der Notarzt im Künzelsauer Krankenhauses wurde zwar informiert, aber noch nicht eingesetzt. Hautnah konnten die Jungsanitäter der Künzelsauer Schule erleben, wie in der Leitstelle gearbeitet wird: Benachrichtigung des Rettungsdienstpersonals über Funkpiepser; Information und Einweisung über Funk; Rückmeldung der Rettungsassistenten über den Gesundheitszustand der Frau und gemeinsame Entscheidung den Notarzt nicht einzusetzten, da die Frau bei Bewusstsein war und bereits wieder stehen konnte. Die Rettungsassistenten „stabilisierten" die junge Frau dennoch in der Vakuummatratze und brachten diese zur Sicherheit zum Röntgen ins Krankenhaus. Informiert wurde im Krankenhaus die Chirurgische Ambulanz und die Röntgenabteilung per Telefon über den Diensthabenden der Leitstelle, damit diese sich schon auf den ankommenden Notfall vorbereiten und die junge Frau schnell richtig weiterbehandelt werden konnte.

Claudia, ebenfalls Schulsanitäterin aus Kurs 1, war damals sehr aufgeregt und wollte wissen, warum denn nicht immer ein Notarzt mitfährt. Der Leitstellenleiter erklärte ihr dann, dass auch aus Kostengründen nicht für jeden Rettungswagen ein Notarzt zur Verfügung stehen würde. Diese Notärzte arbeiten tagsüber und auch nachts im Krankenhaus und werden wirklich nur in Notfällen, wo man unbedingt einen Notarzt benötigt, mitgenommen. Ein weiterer Grund ist, dass wenn ein Notarzt zu einem Fall geschickt wird, bei dem man ihn eigentlich nicht benötigt, so fehlt er eventuell bei einem anderen Notfall oder Unfall, der zur gleichen Zeit an einer anderen Stelle passiert. So sei das zumindest hier in Künzelsau geregelt. In anderen Bundesländern oder größeren Städten gibt es oft andere Regelungen.

Maxi wollte dann wissen, wie denn der Notarzt in die Reithalle gekommen wäre. Der Leitstellenleiter erklärte, dass es ein sogenanntes NEF gibt. Ein Notarzt-Einsatz-Fahrzeug. Ein kleineres, schnelleres Fahrzeug, in dem alle notwendigen Gerätschaften und Medikamente sind, die man bei einem Notfall benötigt. Nur kann man keine Patienten in diesem Fahrzeug transportieren. Es dient lediglich dazu, den Notarzt so schnell wie möglich an den Notfallort zu bringen.

„Zu den weiteren Aufgaben einer Leitstelle gehört die Koordination der Krankentransportfahrten", erklärte der Diensthabende weiter. „Patienten, die aufgrund ihres Alters oder einer Krankheit nicht ins Krankenhaus oder zu bestimmten Behandlungen gehen oder selbst fahren können, werden per Krankentransport zu den entsprechenden Kliniken gebracht und dort nach der Behandlung wieder abgeholt.

Nach der Besichtigung der Leitstelle folgte die Besichtigung der Rettungswache in Künzelsau. Dort durften die Schulsanitäterinnen und Schulsanitäter der Schloss-Schule die Räumlichkeiten und

Fahrzeuge etwas genauer unter die Lupe nehmen und sich auch einmal auf die Trage sowie in die Vakuummatratze legen. So konnten sie selbst erleben, wie es sich anfühlt, wenn man im Rettungswagen liegt und viele Menschen um einen herumstehen und einen ansehen.

Die Rettungswache Künzelsau hat zwei RTW (Rettungswagen) zwei KTW (Krankentransportfahrzeuge) und ein NEF (Notarzteinsatzfahrzeug). Da in Künzelsau mit seinen knapp 19000 Einwohnern nicht ganz so viel passiert bzw. nicht so viele Krankentransportfahrten anstehen, wie in einer Großstadt, ist die Wache tagsüber mit zwei Besatzungen besetzt und nachts mit einer Besatzung. Eine Besatzung besteht mindestens aus einem Rettungsassistenten und einem Rettungshelfer.

Gespannt und immer wieder am Röhrchen ihres Milchshakes ziehend, folgen die beiden Mädchen den Ausführungen von Maxi und Paul, die mittlerweile fast kein Ende zu finden scheinen. So viel haben die beiden Jungs bereits in den zwei Jahren, seit dem es den Schulsanitätsdienst an der Schloss-Schule gibt und dem sie von der ersten Minute an angehören, erlebt.

„Und über das Schuljahr hinweg gibt es Übungseinheiten zur ersten Hilfe. Hier werden Notfallsituationen so realistisch wie möglich gespielt."

„Die einen spielen die Notsituation und ein anderes Team muss dann helfen", ergänzt Paul seinen Freund Maxi.

„Ja, und dann bietet der Sauber noch Fortbildungen zur ersten Hilfe an. Also Themen wie Epilepsie, Blutdruckmessen, Sportverletzungen und auch Zahnnotfälle."

„Wieso Zahnnotfälle?", möchte Mia wissen. „Wie kann ich einen Notfall am Zahn haben, den du behandeln könntest? Zahnschmerzen ... da gehe ich dann doch zum Zahnarzt und nicht zu einem Schulsanitäter."

„Das ist schon richtig", erklärt Paul. „Der Zahnarzt ist für die Weiterbehandlung zuständig. Bei den Zahnnotfällen geht es darum, was man mit einem Zahn macht, der aufgrund eines Unfalls oder Sturzes ausgeschlagen wurde. Wie kann man diesen Zahn lagern, damit der Zahnarzt diesen eventuell wieder einsetzen kann und du keine Krone brauchst."

„Hier verfahren wir ähnlich wie bei Amputationsverletzungen also abgetrennten Armen, Beinen und Fingern", fügt Maxi mit einem schaurigen Unterton an. „Möglichst steril verpacken und kühlen. Für unsere ausgeschlagenen Zähne haben wir sogar einen extra
Dento-Save, ein Fläschchen mit einer Nährlösung, in die der Zahn dann kommt."

„Wuäääh! Ich glaube, das ist doch nichts für mich. Zähne, Finger, Arme und Beine einsammeln. Ist ja schrecklich", stöhnt Mia und schüttelt sich.

„Du sollst ja auch nicht ständig Finger einsammeln", mischt sich jetzt auch Clara ein, „sondern wissen, was du tun kannst, wenn es jemals zu so einem schlimmen Unfall kommt."

„Genau", meldet sich wieder Paul zu Wort. „Häufig passiert etwas und diejenigen, die dabei sind würden gerne helfen, wissen aber nicht wie. Nach einem Jahr Schulsanitätsdienst weißt du eigentlich mit jeder Notsituation umzugehen. Ob du jemals in eine kommst, bei der du einen ausgeschlagenen Zahn oder einen abgetrennten Finger zu versorgen hast, ist fraglich. Aber das Wissen, wie du helfen kannst, es könnte ja auch dein eigener Finger sein, beruhigt ungemein."

Mit den Worten „dein eigener Finger" hat Paul die noch immer etwas ängstlich dreinblickende Mia nicht beruhigen können. Im Gegenteil.

„Hör auf. Erzähl mir was anderes vom Schulsanitätsdienst und nichts, was mit ausgeschlagenen Zähnen und abgetrennten Fingern und Armen zu tun hat", entgegnet Mia mit leicht verärgertem Gesichtsausdruck.

„Als besonderes Highlight", fährt Paul fort, „gibt es immer zu Beginn des zweiten Schulhalbjahres einen Schulsanitätswettbewerb. Bei diesem Wettbewerb treffen sich Schulsanitätsgruppen aus unserem Bundesland an einer Schule. Dort treten wir in den Bereichen: 1. Notfall- und erste Hilfe Wissen, 2. Einzelwettbewerb und 3. Teamwettbewerb gegeneinander an."

„Beim Einzelwettbewerb", führt Maxi weiter aus, „musst du alleine zeigen, wie du eine Notfallsituation löst und beim Teamwettbewerb muss ein kleines Team einen größeren Notfall mit meist mehreren Verletzten so gut wie möglich meistern."

„Und für das Ganze gibt es dann Punkte und wer die meisten Punkte hat gewinnt. Wir waren übrigens schon zweimal Dritter", berichtet Paul stolz.

16.16 Uhr

Nach zwei weiteren Milchshakes für die Mädchen und noch zwei Portionen gemischtem Eis für die Jungs sowie noch einigen Fragen und noch mehr Antworten zum Schulsanitätsdienst muss sich Mia verabschieden.

„Also ich geh dann mal. Meine Patentante kommt heute um Fünf zu uns nach Hause und holt mich ab. Tschüss Clara, tschüss Maxi und Paul."

So wie Mia die beiden begrüßt hat, verabschiedet sie sich auch: Kurze Umarmung, Küsschen links und Küsschen rechts.

„Darf ich dich heimbringen?", galant erhebt sich Maxi. „Wir wohnen doch in der gleichen Richtung."

Mit einem kaum vernehmlichen Augenzwinkern an Paul verabschiedet sich Maxi schnell und deutet Mia an kein Nein zu akzeptieren. So kann er seinem Freund die Möglichkeit eröffnen auch noch alleine mit Clara zu reden.

„Gerne!" Strahlend, geschmeichelt und stolz von einem netten Jungen nach Hause begleitet zu werden, winkt Mia Clara und Paul nochmals kurz zu, während sie gemeinsam mit Maxi in Richtung ihres Fahrrades geht.

„Und du? Wann musst du heim? … Kann ich dich heimbringen?", beginnt Paul wieder vorsichtig das Gespräch.

„Nicht nötig. Ich werde um halb von meinen Eltern hier am Brunnen abgeholt. Wir sind noch bei Freunden von unseren Eltern eingeladen."

„Da sieht Anton ja, dass wir uns getroffen haben."

„Keine Sorge. Mein Bruder geht schon lange nicht mehr mit. Ist im zu spießig zu den Freuden unserer Eltern mitzugehen."

„Und du?"

„Ist ganz okay. Besser als zuhause vor der Glotze zu liegen. … Aber was ich dich noch fragen wollte, warum bist du eigentlich im Schulsanitätsdienst?"

„Aus einem für mich persönlich ganz wichtigen Grund", beginnt Paul langsam zu erzählen. „Weil immer mehr Menschen nicht mehr helfen. Immer mehr Menschen schauen nur auf sich selbst. Wenn ich jetzt mal ganz allgemein vom Helfen rede, das muss gar nicht mal in einer Notsituation sein, dann ist die erste Frage für die meisten doch, wenn sie um etwas gebeten werden: *Und was bekomme ich dafür?* … Denk mal an deine Klasse. Wenn es um etwas für eure Klassengemeinschaft geht, also wenn ein oder zwei etwas für alle machen sollen. Wenn eure Klassenlehrerin hier nachfragt, wie schnell meldet sich jemand?"

„Hmmm? … Meist dauert es eine Weile, bis sich da jemand meldet."

„Und dann melden sich mit Sicherheit immer die Gleichen. Bis es denen dann auch mal zu viel wird und sich schließlich keiner mehr meldet. … Du kennst doch mit Sicherheit auch noch andere Beispiele, bei denen dir aufgefallen ist, dass wir uns eigentlich immer mehr um uns als um andere kümmern."

Grübelnd und die Stirn in Falten ziehend lehnt sich Clara zurück. So genau hatte sie eigentlich noch nie darüber nachgedacht bzw. darauf geachtet, ob sie oder andere sich eigentlich mehr um sich selbst kümmern und eher wegsehen oder weggehen, wenn man eventuell helfen könnte. Als ein Bus an der Eisdiele vorbeifährt, fällt ihr wieder ein, was ihr vor kurzem aufgefallen ist.

„Als wir letzte Woche im Schullandheim waren und wir öfters mal mit Bus und Bahn gefahren sind, ist mir deutlich geworden, dass oft Jüngere nicht mehr aufstehen, um Älteren einen Platz anzubieten, wenn alle Plätze besetzt sind. Auch einige aus unserer Klasse musste die Kleinfeld immer wieder ermahnen. ... Und als sie dann mal andere, also niemanden aus unserer Klasse, diesbezüglich angesprochen hat, weil eine ältere Dame, die echt Schwierigkeiten hatte, bei der ruckartigen Fahrweise des Busses stehen zu bleiben, bekam sie nur eine patzige Antwort und die ist dann echt auch noch sitzen geblieben. Und keiner von uns konnte ihr einen Platz anbieten, da wir auch schon alle gestanden sind."

„Genau das meine ich. Immer mehr Menschen kümmern sich nur um sich selbst. Wie es den anderen geht ist egal. Hauptsache uns geht es gut. ... Dabei tut es unheimlich gut zu helfen. Der jungen Mutter zu helfen, den Kinderwagen ein paar Stufen mit hoch- oder runterzutragen; den älteren Herrn fragen, ob man ihm die Zeiten des Busfahrplanes vorlesen darf, wenn man bemerkt, dass dieser Schwierigkeiten hat die kleingedruckten Zahlen zu entziffern; der älteren Dame zu helfen, wenn ich sehe, dass meine Hilfe beim Tragen oder wie auch immer willkommen sein könnte; einem kleineren Kind oder schwächeren Menschen beistehen, wenn ich sehe, dass jemand bedrängt wird; ..."

„Oder dem Mädchen oder Jungen mit Handicap zu helfen, wenn ich sehe, dass dieser von Kindern oder Jugendlichen geärgert und gehänselt wird", wirft Clara ein.

„Handicap?"

„Manche sagen auch Behinderung. Ich sage lieber Handicap."

„Genau. Helfen immer dann, wenn man merkt, dass ein anderer Mensch Hilfe benötigen könnte. Also mit offenen Augen durch die Welt gehen, sich nicht aufdrängen, aber anbieten und mal schauen, was passiert. Meistens schauen die Menschen ganz komisch, wenn sie einen nicht kennen und von einem Hilfe angeboten bekommen."

„Weil sie dies nicht gewohnt sind."

„Genau. Aber meist freuen sie sich darüber und nehmen die Hilfe gerne an. ... Vor allem, wenn sie von anderen belästigt oder angegangen werden. Du brauchst nur die Zeitung aufmerksam zu lesen oder die lokalen Nachrichten verfolgen. An vielen der Bushaltestellen, S-Bahn-Stationen oder Bahnhöfen oder in einem Park. Einer oder eine wartet auf den Bus, S-Bahn, Zug oder geht alleine spazieren. Egal ob Kind, älterer Herr oder Dame oder auch junger Mann. Drei oder vier kommen und meinen pöbeln, Angst machen, bedrängen zu müssen. Wenn wir hier dazu stehen würden, *Stopp* sagen, dann könnten wir wirklich helfen."

...

„Es gibt aber auch genügend Beispiele, bei denen Menschen anderen geholfen haben und dann selbst zu Schaden gekommen sind", versucht Clara diejenigen in Schutz zu nehmen, die in dieser Situation eher nicht helfen. Auch sie könnte sich momentan nicht vorstellen, so einfach *Stopp* zu sagen, oder wie Paul sagt *dazu zustehen* und sich im schlimmsten Fall mit verprügeln zu lassen.

„Das stimmt leider. Auch meinem Großvater ging es so, als dieser einer jungen Frau mit ihrem Baby beistehen wollte, wurde er zusammengeschlagen und so stark verletzt, dass er an den Verletzungen gestorben ist. Daher verstehe ich, wenn Menschen hier Angst haben."

„Oh nein!", mitfühlend und bestürzt wendet sich Clara an Paul „Das tut mir Leid. ... Und da hilfst du noch? Und wenn dir das Gleiche passiert?"

„Eigentlich gerade deswegen, Clara! Wenn nicht nur mein Großvater eingegriffen hätte oder in den vielen anderen schlimmen Beispielen, die es auf der Welt gibt, nicht nur eine Person, sondern mehrere, zwei, drei, vier ... alle, die etwas von der Sache mitbekommen. Und es bekommen meist immer doch mehrere etwas mit. Dann würde nichts mehr passieren! Dann könnte nichts mehr passieren! Dann würden diejenigen sich schnell aus dem Staub machen bzw. sich gar nicht mehr trauen auf andere einzuschlagen. Wenn mehr Menschen bereit wären anderen zu helfen, dann würde es friedlicher auf der Welt zugehen. Meist muss nur einer den Anfang machen und dann kommen noch weitere dazu. … Bei meinem Großvater war dies leider nicht der Fall", ergänzt Paul traurig und mit einer Träne in jedem Auge.

…

Nach einer Pause, in der beide nur schweigend dasitzen und Paul versucht weitere Tränen zu unterdrücken, nicht dass Clara noch denkt was er denn für ein weinerlicher Kerl sei, versucht Clara das Gespräch wieder in Richtung ihrer Ausgangsfrage zu bringen.

„Aber das kannst du doch alles auch tun, ohne dass du Schulsanitäter bist. Ich meine jetzt anderen Menschen, wann immer dies nötig ist, zu helfen und beizustehen!"

„Richtig, aber wenn eine Notfallversorgung notwendig ist, könnte ich nur schnell den Rettungsdienst rufen und müsste dann untätig dastehen und warten bis Hilfe kommt. Wenn mehr richtig helfen könnten, wenn mehr in den Grundlagen der ersten Hilfe geschult wären, dann hätten weniger Patienten mit Folgeschäden zu leben und was die schlimmen Fälle angeht, würden mehr überleben. Vielleicht würde mein Großvater auch noch leben, wenn jemand dagewesen wäre, der ihm richtig hätte helfen können. Als der Rettungsdienst dann da war, war es zu spät. Auch deswegen bin ich Schulsanitäter geworden. Wenn es nötig ist, bei einem Notfall für einen Menschen die lebensrettende Erstversorgung zu übernehmen, dann will ich das tun und zwar bis zum Eintreffen des Rettungsdienstes."

Wieder schweigend und über das Gesagte nachdenkend sitzen sich die beiden gegenüber. Mit einem Blick auf die Uhr sieht Paul, dass es schon nach halb fünf ist. Wie soll er sich gleich von Clara verabschieden? Mit einem einfachen „Tschüss, wir sehen uns!"

oder gleich etwas ausmachen, für ein weiteres Treffen. ... „Eigentlich haben wir nur über den Schulsanitätsdienst geredet. Hoffentlich habe ich die Clara nicht zu sehr zugetextet. ... Etwas über sie erfahren habe ich nicht wirklich. Und wenn dann ab morgen die Herbstferien losgehen, dann sehe ich Clara vielleicht wieder für eine Woche nicht", denkt Paul und ärgert sich über die in seinen Augen ungenutzte Chance, Clara näher zu kommen.

„So, ich muss dann los", zügig springt Clara auf, als sie das Auto ihrer Mutter ankommen sieht. Mit einem „Tschüss bis Morgen!" an Paul hat sie eine Antwort auf die Frage gegeben, die Paul noch gar nicht gestellt hat.

„Also kein fester Termin. Wieder nur zufällig Treffen in der Schule", denkt Paul enttäuscht. „Das mit der Eisdiele sollten wir mal wieder machen", ruft er Clara schnell hinterher.

Lächelnd dreht sich diese nochmals um. „Warum nicht. Das Wetter soll schön bleiben. Wir können ja morgen was ausmachen!"

Wolke Neun

<u>16.36 Uhr</u>

„Ja! Ja! Ja!", sagt Paul leise vor sich hin, ballt seine Faust siegessicher, um sich gleich darauf entspannt und tief zufrieden im Stuhl vor der Eisdiele zurückzulehnen. Clara hat er den ganzen Weg, bis diese beim Auto ihrer Mutter angekommen ist, nachgesehen. Zurückgeschaut und kurz gewinkt hat Clara auch und zwar genau in dem Moment, in dem sie ins Auto gestiegen ist.

Die Hochstimmung von Paul mischt sich mit einem Gefühl von Verliebtheit, welches Paul bisher noch nie so stark verspürt hat. Paul betrachtet den blauen Himmel und spürt wie die Zufriedenheit weiter anwächst. „Ganz da oben", geht es ihm durch den Kopf. „Ich bin ganz da oben, auf Wolke Sieben. Im siebten Himmel! … Was hat Pfarrer Schmitz letzte Woche über den siebten Himmel erzählt?"

Pfarrer Schmitz unterrichtet an der Schloss-Schule Religion. Der Unterricht von Pfarrer Schmitz ist immer mitreißend und kurzweilig, weil er es schafft, die religiösen Inhalte geschichtlich und übertragen auf die Neuzeit spannend „rüberzubringen". Irgendwie kamen sie in der letzten Woche in Religion auf die Redewendung „im siebten Himmel" zu sprechen und Pfarrer Schmitz hatte aufgezeigt, wo diese Redensart, die für eine außergewöhnliche Hochstimmung, für pure Freude oder Verliebtheit steht, im religiösen und philosophischen verankert ist. Hierbei hat er vom Philosophen Aristoteles berichtet, der den Himmel in sieben Gewölbe, Schalen oder auch sieben Himmelsphären, die jeweils übereinander stehen, eingeteilt hat. In jedem dieser Gewölbe oder Sphären bewegt sich je einer der uns bekannten Planeten: Mond, Merkur, Saturn, Venus, Jupiter, Mars und Sonne. Das siebende Gewölbe, also der „siebte Himmel" ist der Bereich, der unser Sonnensystem gegen das Nichts abschließt, hier endet die materielle Welt und die unsichtbare, geistige Welt der Phantasie, unserer Wünsche und Träume beginnt.

„Siebter Himmel stimmt. Wolke Sieben stimmt nicht ganz", erinnert sich Paul. „Was hat der Schmitz noch gleich gesagt? Die Engländer sprechen nicht vom siebten Himmel, sondern von *cloud number nine*, also der *Wolke Nummer Neun*, weil die höchsten Wolken nur acht Meilen über der Erde sein können. Wenn man also neun Meilen über der Erde ist, befindet man sich über den Wolken. ... Da bin ich gerade! Ich bin auf Wolke Neun!"

Im alten Steinbruch

Freitag, 22. Oktober, 7.19 Uhr

In bester Stimmung ist Paul heute Morgen aufgestanden. Seine Ankunftszeit an der Schule hat er so gewählt, dass er Clara eventuell schon vor Unterrichtsbeginn sehen kann. „Meist kommt diese früher als ihr Schatten Mia. Dann können wir gleich was ausmachen, ohne dass die es mitbekommt. ... Hoffentlich hat Clara das gestern auch ernst gemeint!", denkt Paul.

Während Paul in der Nähe des Eingangs der Schule wartet, füllt sich der Platz zusehends. Auch Anton ist bereits mit seinem Moped angekommen und unterhält sich lässig nach vorne über seinen Lenker gebeugt mit einigen seiner „Untertanen". Die Blicke von Anton und Paul treffen sich kurz. Doch bevor Paul Anton zunicken kann, hat der schon wieder desinteressiert weggesehen. Wie er dies eben immer denjenigen gegenüber macht, mit denen er nichts zu tun haben will.

Ganz in Gedanken und in die Beobachtung von Anton vertieft, hat Paul nicht bemerkt, wie Clara seitlich an ihn herangetreten ist.

„Hallo Paul, wollen wir uns in den Ferien mal treffen oder bist du weg?"

„Nein, ich meine gern. Nein, ich bin nicht weg", antwortet Paul schnell und wendet sich Clara zu. „Klasse!", denkt Paul. „Sie ist auf mich zugekommen."

„Ich gebe dir meine Handynummer und dann telefonieren wir einfach in den nächsten Tagen. Okay?"

„Klar. Ich meine gerne. Ich melde mich!" … „Oh Mann!", fordert sich Paul in Gedanken auf. „Die muss ja denken, ich kann keinen ganzen Satz reden. Jetzt komm mal runter!"

Immer noch aufgeregt, zieht Paul sein Handy aus der Hosentasche und gibt unter „Neuer Eintrag" Clara und dann die Telefonnummer von Clara ein. Auch Clara speichert die Nummer von Paul ab. Bevor beide sich weiter unterhalten können, hat Mia die beiden von weitem entdeckt und kommt mit einem lauten „Da bist du ja!" auf Clara zu. Mit einem kurzen „Wir telefonieren" verabschiedet sich Clara von Paul und geht Mia entgegen.

Tief zufrieden folgt Pauls Blick Clara und streift dann über den Platz bis hin zu Anton. Dieser hat Paul finster dreinblickend fixiert. Ohne den Blick von Paul abzuwenden, steigt Anton von seinem Moped.

Während die Frühaufsicht die Schultüren öffnet und zuerst die jüngeren Schüler in die Schule drängen, ist Paul an seinem Platz stehen geblieben. Auch wenn er Anton nicht mehr direkt ansieht, spürt er doch dessen Blick.

Mittlerweile hat sich die Traube von drängenden Fünft- und Sechstklässlern aufgelöst und die Älteren bewegen sich gemächlicher dem letzten Schultag vor den Herbstferien entgegen.

Bevor Paul das Schulhaus betritt, treffen sich Antons und Pauls Blicke wieder. So hasserfüllt hat Anton ihn noch nie angesehen.

„Was soll das?", denkt Paul.

Paul war sich eigentlich sicher gewesen, dass Anton mittlerweile kein Problem mehr mit ihm hat, da ihr Auskommen in den vergangenen zwei Wochen normal war. Wenn man überhaupt von einem Problem sprechen kann, wenn man sich gerne mit der Schwester eines Klassenkameraden treffen möchte. Ist es wirklich Geschwisterliebe? Ist es wirklich so, dass Anton sich um seine Schwester sorgt? Dann müsste Anton doch mittlerweile klar sein, dass Paul absolut in Ordnung ist. Paul raucht nicht, trinkt sich nicht zu wie manche in seinem Alter und hat nicht eine Freundin nach der anderen. Zudem hat Paul sich Anton gegenüber immer korrekt verhalten und war ihm bezüglich des Überfalls an der Sporthalle nicht nachtragend.

Eine andere Möglichkeit wäre, dass es Anton ums Prinzip geht, dass er einfach etwas nicht haben und deshalb in diesem Punkt auch nicht nachgeben will.

„Und was jetzt? ... Jetzt erst mal in die Ferien. Den Kontakt per Handy bekommt Anton nicht mit. Schön, dass es vorhin noch geklappt hat mit dem Austausch unserer Handynummern", denkt Paul einerseits zufrieden und andererseits, wenn er an den düsteren und kalten Blick Antons denkt, mit einem mulmigen Gefühl.

13.11 Uhr

Wie vor jeden Ferien stehen nach der letzten Unterrichtsstunde noch einige Schüler vor der Schule in Grüppchen zusammen. Zum Teil verabschieden sie sich, weil einige mit ihren Eltern in die Ferien fahren oder beratschlagen, was sie in den kommenden Tagen machen wollen, wenn sie die unterrichtsfreien Tage zuhause verbringen.

So stehen auch Paul und Maxi schon über eine halbe Stunde zusammen. Da Maxi noch am frühen Abend mit seinen Eltern zum Flughafen fahren wird, macht dieser sich auf den Weg nach Hause um zu packen.

„BING!", gleich nachdem Paul und Maxi sich verabschiedet haben, meldet das Handy von Paul, dass eine SMS angekommen ist.

Als Paul auf dem Display seines Handys den Absender der SMS sieht, wird ihm ganz weich in den Knien. „Clara", steht dort.

Aufgeregt und mit unruhiger Hand öffnet Paul die Mitteilung und beginnt zu lesen: *Ich möchte dich heute gerne treffen. Am Steinbruch um 15 Uhr. Bitte nicht antworten. Komm einfach! Clara.*

„Clara will mich treffen! ... Noch heute! ... Die Ferien werden klasse!"

Strahlend vor Freude macht sich Paul auf den Heimweg. „15.00 Uhr, da kann ich mich in Ruhe umziehen und dann mit dem Fahrrad zum Steinbruch fahren." ... „Warum eigentlich im Steinbruch treffen, in der Stadt, am Brunnen, bei der Eisdiele wäre es doch viel schöner gewesen? Dort könnte ich Clara auch auf ein Eis einladen", denkt Paul. ... „Vielleicht will sie einfach, dass uns ihr Bruder nicht sieht. Antons Gesichtsausdruck, als wir uns heute Morgen unterhalten haben, hat sie wahrscheinlich auch mitbekommen."

Beschwingt ist Paul zuhause angekommen, hat seine Lieblings-CD eingelegt und die Musik aufgedreht. Er spürt, wie alles seinen Rhythmus hat, wie alles tanzt. Die Vögel, die Wolken, der Wind, die Blätter und Grashalme. Selbst die Fußgänger und Autos auf der Straße scheinen einem eigenen Rhythmus zu folgen und mit der ganzen Welt im Einklang zu sein. Während sich Paul singend und tanzend durch die Wohnung bewegt und meint für einige Momente die Schwerkraft zu überwinden, beginnt er sich für das Treffen mit Clara zu richten. Um kurz nach 14 Uhr macht er sich mit dem Fahrrad Richtung Steinbruch auf den Weg.

Der Steinbruch bei Künzelsau ist schon seit über dreißig Jahren stillgelegt. Früher haben sich immer viele Jugendliche hier getroffen, weil der Steinbruch nicht einsehbar ist und man so ungestört „unter sich" sein kann. Auch Paul und Maxi waren mit dem Fahrrad früher oft hier. Haben die Stille genossen, hatten auch mal ein „Lager" hier. Erst als ein Jugendlicher verunglückt ist, weil er mit Freunden Freeclimbing an den Wänden des alten Steinbruchs nachgespielt hat, wurde ein Zaun um das ganze Areal gezogen und der Zutritt als verboten erklärt. Da der Zaun nicht sonderlich hoch ist und man ja nicht unbedingt eine Steinwand hinaufsteigen muss, haben sich einige Jugendliche auch weiterhin dort getroffen.

14.38 Uhr

Der Eingang zum alten Steinbruch liegt oberhalb einer kleinen Landstraße. Bevor Paul sein Fahrrad diesen letzten steilen Anstieg nach oben schiebt, sieht er sich nochmals um, damit auch wirklich kein Fußgänger, Wanderer oder Autofahrer bemerkt, dass er eigentlich verbotenes Gelände betritt.

Kein Mensch ist zu sehen. Nur das Vogelzwitschern und ab und zu der Ruf eines Schafes von den benachbarten Weiden sind zu hören. „So sollten Clara und ich heute Nachmittag ungestört sein", freut sich Paul.

Als er sein Fahrrad auf das Tor zuschiebt, das den Einlass zum Steinbruch verwehren soll, bemerkt Paul, dass der Drahtzaun an der Seite zum Teil abgeschnitten und abgerissen ist. Gerade so, dass ein Fahrrad bzw. ein Mensch hindurch passt. „Prima, dann muss ich mein Fahrrad nicht draußen lassen", denkt Paul und zwängt sein Rad an dieser Stelle durch den Zaun.

„Ich werde auf Clara auf der alten Bank in der Mitte des Steinbruchs warten", denkt Paul, während er sein Rad im Gebüsch ablegt und sich auf den Weg ins Zentrum des alten Steinbruchs macht. Dieses Zentrum ist ein großer ebener Platz, der auf der einen Seite von der höchsten Wand des Steinbruchs begrenzt und von den anderen Seiten durch mittlerweile hohe Bäume umringt ist. Die alte Bank wurde vor der Sperrung des Steinbruchs von Wanderern gerne als Rastplatz verwendet. „Ich habe hier auch schon das ein oder andere Pärchen gesehen!", sagt Paul grinsend vor sich hin, in der Vorfreude darauf, sich nun ebenfalls mit einem Mädchen hier zu treffen.

Als Paul aus dem kleinen Wäldchen auf den großen freien Platz des Steinbruchs tritt, sieht er, dass bereits eine Person auf der Bank sitzt und auf jemanden wartet. Noch bevor Paul wieder einen Schritt zurück hinter einen Baum des Waldes machen kann, hat er bemerkt, dass er gesehen wurde und die Person ihm andeutet zu kommen.

„Anton!", schießt es Paul durch den Kopf, als er beim zweiten Hinsehen und Näherkommen Gestalt und Gesicht erkennt.

„Was macht Anton hier? Bestimmt hat er Clara abgepasst und ihr gedroht nicht hierherzukommen!" Mit Wut im Bauch geht Paul langsam auf Anton zu, der lässig und genüsslich grinsend auf der Bank sitzt.

In gut drei Meter Abstand bleibt Paul vor Anton stehen. „Was machst du hier?", raunt Paul Anton an und ärgert sich selbst darüber nicht gleichgültiger zu wirken.

„Die Aussicht genießen", gibt Anton mit einem Lächeln zurück. „Und du?"

„Ich auch ... und mich über den Ferienanfang freuen", antwortet Paul nun wesentlich gelassener. „Vielleicht weiß Anton nichts von meiner Verabredung mit Clara. ... Dann wäre es besser, mich auf ein kurzes Gespräch einzulassen, schnell wieder zu gehen und Clara am Eingang des Steinbruchs abzupassen", denkt Paul.

„Setz dich doch zu mir Paul", mit einer großzügigen Geste rückt Anton etwas zur Seite und bietet Paul einen Platz an.

„Kurz hinsetzen, kurz unterhalten, dann gehen", geht es Paul durch den Kopf.

Mit großem Abstand sitzen die zwei Jugendlichen auf der Bank im Steinbruch und unterhalten sich, wobei Anton Belangloses fragt und Paul kurz antwortet. Als Paul nach fünf Minuten aufsteht und sich verabschiedet, um Clara entgegenzugehen wird er von Anton mit den Worten: „Du brauchst dich nicht zu beeilen, Clara wird nicht kommen", zurückgehalten.

„Also doch", denkt Paul. „Diese miese Ratte hat Clara eingeschüchtert und verboten zu kommen. Jetzt bloß nicht übereifrig reagieren, sondern sachlich und ruhig die Sache klären", nimmt sich Paul vor.

„Was soll das, Anton? Wenn Clara sich mit mir treffen will, dann ist das doch ihre Sache."
„Clara will sich nicht mit dir treffen!"
„Doch, sie hat mir eine SMS geschrieben. Sie will mich heute hier im Steinbruch treffen."
„Clara hat dir keine SMS geschrieben."
„Doch, hier auf meinem Handy, du kannst sie lesen."
„Das war ich, mit dem Handy meiner Schwester. Die dumme Ziege lässt ihr Handy ständig überall herumliegen und ich wollte mich mal in Ruhe mit dir unterhalten. ... Setz dich doch."
Mit einer ausladenden Geste und breit grinsend bietet Anton Paul erneut den Platz auf der Bank an.
„Dachte mir gleich, dass du kommen wirst, wenn meine Schwester dich darum bittet. ... Jetzt setz dich."
Zögerlich, aber um ein gutes Auskommen bemüht, setzt sich Paul wieder auf die Bank.
„Also, was willst du?", fragt Paul.
„Spaß haben und dir klarmachen, dass du deine Finger von Clara lassen sollst."
„Lass das doch Clara entscheiden, mit wem sie sich trifft. Ich denke, sie ist alt genug dazu."
„Ich als ihr Bruder sollte schon ein Auge darauf haben, mit wem sich meine Schwester trifft."
„Und was ist an mir nicht O.K.?", fragt Paul mittlerweile etwas gereizt.
Weiterhin grinsend und betont ruhig entgegnet Anton: „Eigentlich nichts, oder vielleicht alles. Auf jeden Fall will ich jetzt Spaß haben!" Mit einem lauten „Packt ihn!" dreht sich Anton nach hinten.
Bevor Paul reagieren kann, haben ihn zwei Personen von hinten gepackt. Einer links am Arm und einer rechts. Gleich darauf springt

eine weitere Person seitlich aus dem Gebüsch und greift sich Pauls Beine.

„Mann, was soll das! Lasst mich in Ruhe!", wütend schreiend versucht sich Paul aus der Umklammerung zu lösen. Da die drei ihn jedoch mit aller Kraft auf die Bank drücken, hat Paul keine Chance.

Anton, der mittlerweile aufgestanden ist, baut sich vor Paul auf.
„Ich habe entschieden, dir eine Abreibung zu verpassen. Dafür, dass du dich nicht an das hältst, was ich dir sage und weiterhin ständig um meine Schwester herumscharwenzelst und weil ich jetzt einfach Bock darauf habe!" Mit einem scharfen „Fesselt ihn!" wendet sich Anton an seine Helfer.

Während die drei Pauls Arme auf den Rücken sowie Pauls Beine zusammenbinden, holt Anton ein Halstuch seiner Schwester hervor und bindet dem sich weiter windenden und schreienden Paul den Mund zu.

„Stellt ihn hin", befiehlt Anton seinen Helfern.
Die drei packen den am Boden liegenden Paul und stellen ihn auf die Beine. Da steht Paul nun. An den Beinen eingeschnürt, die Arme zusammengebunden und versucht das Gleichgewicht zu halten, was ihm zunächst nicht gelingt und er wieder zu Boden stürzt.

„Wieder hinstellen!", befiehlt Anton erneut.
Die Szene wiederholt sich noch ein weiteres Mal, bis es Paul gelingt, so verschnürt das Gleichgewicht zu halten.

Wütend, zugleich auch traurig darüber, wie sich die vier verhalten, hat Paul alles zuerst mit Gegenwehr, dann ohne sich zu verteidigen, über sich ergehen lassen.

„Die Beine müssen etwas lockerer gebunden werden!", bemerkt Anton, nachdem er den verschnürten und um Gleichgewicht ringenden Paul von oben bis unten betrachtet. „Stehen und etwas laufen sollte er können", weist Anton seine Helfer an.

Während Paul die Beine wie bei einem Häftling zusammengebunden werden. So, dass er kleine Schritte gehen kann, aber nicht rennen, hat sich Anton auf seine Moped gesetzt.

Laut knatternd fährt Anton über den freien Platz im Zentrum des Steinbruchs bis zum Beginn des Waldes um dort Aufstellung zu nehmen. Von weitem deutete er seinen Helfern an Paul in die Mitte des Platzes zu führen.

Die SMS

14.38 Uhr

Clara hat es sich nach dem letzten Schultag auf der Terrasse des elterlichen Hauses bequem gemacht und genießt die Nachmittagssonne des ausklingenden goldenen Oktobers. Die Eltern sind noch zur Arbeit und ihr Bruder Anton ist nicht da. „Klasse Ferienanfang", denkt Clara und entscheidet sich ein paar Freundinnen eine SMS zu schicken. „Ob ich auch Paul eine schicken soll?", überlegt sie und blättert im Ordner der Ein- und Ausgangsnachrichten ihres Handys. Dort fällt ihr eine an Paul gerichtete SMS auf.

„Paul, wieso Paul? Ich habe Paul doch noch gar keine SMS geschickt", denkt Clara, während sie verwundert die um kurz nach 13 Uhr von ihrem Handy aus verschickte SMS öffnet.

Ich möchte dich heute gerne treffen. Am Steinbruch um 15 Uhr. Bitte nicht antworten! Komm einfach! Clara.

„Das darf nicht wahr sein! Anton! Lass die Finger von meinem Handy. Na dir werde ich was erzählen", denkt Clara wütend, während sie die Nummer des Handys ihres Bruders wählt.

„The person you have called is temporarily not available", tönt es aus der Hörmuschel.

„Anton hat sein Handy doch nie aus", stellt Clara verärgert fest. „Der ist bestimmt im Steinbruch. Dort gibt es wegen der hohen Wände keinen Empfang. Und den Paul hat er auch dorthin bestellt.

„Ich muss Paul warnen", schießt es ihr durch den Kopf. „Vielleicht ist er noch nicht dort."

Doch auch Paul, der vor ein paar Minuten im Steinbruch angekommen ist, hat mittlerweile keinen Empfang mehr.

Ritterspiele

15.09 Uhr

Bedrohlich wirkt die Szene von außen. In der Mitte des Platzes ein gefesselter und geknebelter Jugendlicher. An den Seiten zum Wald hin drei weitere Jugendliche, die den gebundenen offensichtlich daran hindern den Platz zu verlassen. Und auf der anderen Seite ein fülliger Junge auf einem Moped, der den Motor des Zweitakters in regelmäßigen Abständen laut aufheulen lässt.

Mit einem lauten „Attacke" treibt Anton die Drehzahl seines Mopeds in den roten Bereich um gleich darauf mit durchdrehenden Reifen in Richtung Paul zu starten. Paul, noch ganz benommen von der Anstrengung und der Aufregung kann nicht glauben, was er da auf sich zukommen sieht. Anton, mit Vollgas auf seinem Moped und das rechte Bein nach vorne gestreckt.

„WUMM", mit einem dumpfen Schlag gräbt sich das Bein von Anton in den Magen von Paul, der durch den Aufprall auf den Rücken geworfen wird.

„Wieder hinstellen!", hört Paul Anton im Motorenlärm grölen und sogleich packen ihn zwei Personen und stellen ihn wieder hin.

Noch bevor Paul richtig zu sich kommen kann, hört er bereits Antons Moped von hinten auf sich zurasen.

„WUMM", dieses Mal trifft Antons Fuß Paul seitlich in die Nierengegend, sodass Paul nach vorne auf den harten Boden des Steinbruches fällt.

Ganz benommen in einer Wolke aus Staub liegend, spürt Paul, wie er wieder in die Senkrechte gezerrt wird, während Anton laut und vergnügt „Wieder hinstellen!" ruft.

„So muss es sich anfühlen, wenn man stirbt! So muss es sich angefühlt haben, als Großvater gestorben ist", denkt Paul, der gekrümmt vor Schmerzen dasteht und bemerkt, wie ihm Blut an der Schläfe herunterläuft.

„Lass es gut sein!", hört Paul einen der Helfer zu Anton sagen. „Du sagtest eine kleine Abreibung. Das wird jetzt zu viel!"
Paul merkt, wie Anton nachdenkt, ihn von weitem mustert, dabei immer wieder die Drehzahl des Zweitakters hochjagt und mit gezogener Vorderbremse den Hinterreifen durchdrehen lässt.

„Lässt du deine Finger von Clara?", ruft Anton Paul laut und energisch zu.
Das Tuch, welches Anton Paul vor den Mund gebunden hat, ist beim letzten Sturz nach unten verrutscht, sodass Paul antworten kann. Auch die Fesseln, die Pauls Hände hinter dem Rücken fixieren sollten, haben sich durch die zwei Stürze gelockert, sodass Paul merkt, wie er sich immer besser bewegen, vielleicht sogar befreien kann.
„Lass Clara selbst entscheiden, ob sie sich mit mir treffen will!", ruft Paul Anton so gefasst es ihm möglich ist entgegen. Wobei er die Antwort im gleichen Moment bereut. Klüger wäre es jetzt das zu sagen, was der andere hören will.
Mit einem lauten „Falsche Antwort!", rast Anton erneut mit ausgestrecktem rechten Bein auf Paul zu. Dieses Mal, so hat er sich vorgenommen, wird er Paul so treffen, dass dieser danach nicht mehr stehen kann!

Der Sturz

15.07 Uhr

Völlig außer Atem ist Clara im alten Steinbruch angekommen. Den steilen Anstieg, von der Straße zum Tor, hat Clara ihr Fahrrad schieben müssen. Als sie durch das Loch im Zaun tritt, sieht sie Pauls Fahrrad und hört Motorenlärm.

Immer dem Geräusch folgend, hetzt sie ins Zentrum des Steinbruchs. Dort sieht sie in der Mitte Paul mit auf den Rücken gebundenen Händen stehen, an der Seite drei der sogenannten Freunde ihres Bruders und ihren Bruder auf seinem Moped, der Paul zuruft, er solle die Finger von ihr lassen.

„Es geht wieder mal um mich, warum lässt er mich nicht selbst entscheiden, mit wem ich mich treffen will und mit wem nicht?", stellt Clara verärgert fest.

„STOPP! AUFHÖREN!", laut rufend rennt Clara auf ihren Bruder zu, der gerade angesetzt hat auf Paul zuzufahren.

Anton ist ganz in diesen finalen Angriff auf Paul versunken und hat die Ankunft seiner Schwester nicht bemerkt.

„Noch ein ordentlicher Tritt, dann zusammenpacken, alle Spuren beseitigen, dem Paul klarmachen, dass er mit dem Fahrrad gestützt ist (falls er gefragt wird, warum er so ramponiert aussieht) und dann die Ferien genießen", plant er sein weiteres Vorgehen. „So dumm kann doch keiner sein, dass man nicht erkennt, dass mit ihm, Anton, nicht zu spaßen und ihm schon gar nicht zu widersprechen ist."

Während Anton auf Paul zurast, sieht er plötzlich im Augenwinkel eine Person auf den Platz rennen. Dadurch abgelenkt und viel zu schnell auf dem unebenen Boden fahrend, verliert er die Kontrolle über sein Moped. Schlingernd passiert er den auf die Seite humpelnden Paul und kommt kurz danach zu Fall.

Während Antons Moped laut kreischend sich mehrfach überschlägt, knallt Anton dumpf mit seinem Schädel auf den steinigen Boden. Das einzige was er noch wahrnimmt, sind zwei Personen die auf ihn zulaufen. Dann wird alles schwarz.

Die Zeit beginnt sich wieder zu dehnen oder ist es Pauls Wahrnehmung? Während Paul sich mühevoll die Fesseln abstreift, die sich nun endgültig gelockert haben und beginnt seine Fußfesseln zu lösen, scheint die Zeit wieder langsamer zu laufen. Auch alle Geräusche verstummen. Als er sich umsieht, sieht er Clara und die drei Helfer wie in Zeitlupe auf den am Boden liegenden Anton zulaufen und diesen betrachten. Einer beugt sich nach unten, schüttelt Anton und dreht diesen auf den Rücken. Paul sieht, wie sich alle aufgeregt unterhalten, nimmt aber weiterhin kein Wort und kein Geräusch war. Es ist, als ob jemand den Ton gänzlich abgestellt hat, die Szene aber noch langsam weiterläuft.

Jetzt dreht einer den am Boden liegenden Anton auf den Rücken und spricht weiter auf ihn ein. Clara hat ihre beiden Hände vors Gesicht geschlagen und scheint zu weinen.

Wie in Trance steht Paul auf und wendet sich Richtung Wald und Ausgang des Steinbruchs. Er will hier nur weg. Die Zeit scheint sich weiter zu dehnen. Während Paul sich in normalem Tempo fortbewegen kann, bewegt sich alles um ihn herum fast gar nicht mehr beziehungsweise scheint still zu stehen.

„Großvater, bist du da?", fragt Paul laut, während er stehenbleibt und sich umsieht. „Oder ist es mein Kopf, der mir einen Streich spielen will?", ergänzt Paul leise, während er mit einer Hand vorsichtig die offene und schmerzende Stelle an seinem Kopf abtastet.

„Ich bin da Paul!"
„… Warum kommst du gerade hierher, Großvater?"
„Weil du gerade dabei bist nicht zu bemerken, dass ein Mensch deine Hilfe braucht. Sieh dich um."
„Jemandem helfen, der mich so zurichtet? Warum sollte ich das tun?"

„Weil du hier der einzige bist, der helfen kann. ... Sieh dich um."

„Soll ihm ein anderer helfen. ... Oder er sich selbst!", entgegnet Paul mittlerweile zornig und humpelt weiter in Richtung Ausgang.

„Auch wenn Anton ein geringer und in seinen Taten bisher nicht guter Mensch war, so benötigt er jetzt Hilfe und nur du kannst ihm diese jetzt geben oder verwehren. ... Sieh dich um und entscheide dann", erwidert die Stimme des Großvaters immer leiser werdend und schließlich verschwindend.

Nur widerwillig wendet sich Paul wieder der Szene um Anton zu. Die Zeit nimmt er nun wieder in normaler Geschwindigkeit war, auch alle Töne, Geräusche und Stimmen.

Anton liegt ohnmächtig auf dem Rücken am Boden und sein Körper wird von Krämpfen geschüttelt. Clara steht weinend daneben. Von den drei Helfern von Anton steht nur noch einer mit einem Abstand von guten zwei Metern da. Zuerst langsam rückwärts laufend, sich dann umdrehend und schnell wegrennend, entfernt sich auch dieser.

Clara ist mittlerweile auf die Knie gesunken und vergräbt weiterhin weinend ihr Gesicht in den Händen.

Antons Körper krampft immer mehr.

„Keine Luft!", geht es Paul durch den Kopf. „Wenn ein Mensch ohnmächtig ist und auf dem Rücken liegt, dann fängt der Zungengrund an nach hinten zu rutschen und die Luftröhre zu verschließen. Da der Körper jedoch noch weiter atmen will, aber wie bei einem verstopften Schnorchel keine Luft mehr bekommt, fängt der Körper an zu krampfen. Wenn dies zu lange dauert, kommt es zum Herz-Kreislauf-Stillstand. ... Wenn ich ihm jetzt nicht helfe, dann stirbt Anton!", mahnt sich Paul zu helfen.

Ohne weiter zu überlegen, humpelt Paul so schnell es geht auf den am Boden liegenden Anton zu.

„Stabile Seitenlage, dann Atmung und Puls kontrollieren, den Patienten überwachen, Notruf", murmelt er dabei vor sich hin. Mit einem ruhigen, aber deutlichen „Clara hilf mir!" rüttelt Paul an der Schulter der noch immer verzweifelt weinenden Clara. „Wir müssen deinen Bruder vorsichtig auf die Seite drehen, damit er wieder Luft bekommt! Mach einfach was ich sage."

Während Paul dies zu Clara sagt, hat er vorsichtig Antons Kopf überstreckt. Dazu hat er sich hinter den liegenden Anton gekniet, Antons Kopf in beide Hände genommen, diesen vorsichtig nach hinten gezogen und dann weiter vorsichtig nach „hinten gekippt".

„Falls es durch den Sturz zu einer Beschädigung der Wirbelsäule gekommen sein sollte, so sorgt das leichte Dehnen der Wirbelsäule dafür, dass eventuelle weitere Verletzungen an der Wirbelsäule vermieden werden können. Durch das *nach hinten kippen* rutscht der Zungengrund etwas nach oben und die Luftröhre wird wieder frei", sprudelt es aus Paul heraus, damit Clara weiß, warum er dies tut.

Während Paul hinter dem immer noch ohnmächtigen Anton kniet und dessen Kopf hält, bemerkt er wie Blut von seiner Schläfe über sein Gesicht läuft und auf seine Arme tropft. Während sich Paul nun auch wieder auf seinen Körper konzentriert, bemerkt er die immer stechender werdenden Schmerzen von der Hüfte bis zur Magen- und Nierengegend. Auch das Pochen in seinem Kopf nimmt zu.

„Wieso helfe ich hier? ... Du trittst mich bis ich blute, hast Spaß daran mich und andere zu quälen und ich soll dir helfen? ... Und dann geht alles wieder von vorne los!"

Kopfschüttelnd betrachtet Paul sich in dieser Szene, in der er einem Menschen hilft, der ihm schon wieder brutales angetan hat. Angewidert legt Paul Antons Kopf unsanft ab.

Schweratmend, sich das Blut aus dem Gesicht wischend, steht Paul auf und blickt auf den auf dem Rücken liegenden Anton.

„Was soll das Großvater!?", wütend schreit Paul seine Verbitterung heraus und sieht sich um.

„Ja, ich bin der einzige der hier helfen kann! ... Aber schau mich an! ... Schau, was er wieder mit mir gemacht hat! ... Dem ist es doch egal, wie es mir geht ... oder irgendjemand anderem! ... Hauptsache der kann Angst machen, kann unterdrücken und quälen!", deutlich hallen die Worte Pauls von den Wänden des alten Steinbruchs wieder. „Würde er mir helfen? ... NIEMALS!"

Mit leiser Stimme fügt Paul an: „Warum soll ich dann ihm helfen?"

Der Schauplatz wirkt gespenstisch: Inmitten des Steinbruchs liegt ein ohnmächtiger Junge dessen Körper wieder zu krampfen beginnt, daneben kniet ein junges Mädchen, das wie erstarrt einen weiteren Jungen betrachtet, der einige Meter entfernt von den beiden seinen ganzen Frust herausgeschrienen hat und nun mit gesenktem Kopf dasteht. Untätig zu helfen und untätig zu gehen.

...

„Tu es für mich."

Eine leise Stimme und ein Satz, den er nicht richtig verstanden hat, lässt Paul aufhorchen und sich wieder Clara und Anton zuwenden. Mit versteinertem Gesicht und ohne eine weitere Träne in den Augen sieht Clara Paul regungslos an.

„Tu es für mich Paul!"

...

Wieder spürt Paul die Wärme und das Glück, die Zufriedenheit, das wohlige Gefühl, wenn er Clara sieht, an sie denkt, sich mit ihr unterhält. Mit einem leisen „Für dich ... und auch für mich" wendet sich Paul wieder den beiden zu, kniet sich hinter Anton und nimmt dessen Kopf wieder vorsichtig auf. Die neben Anton kniende Clara weist er an, wie die stabile Seitenlage durchzuführen ist. Genau achtet Paul darauf, dass der Kopf von Anton dabei immer überstreckt, die Wirbelsäule gedehnt und keine ruckartigen Bewegungen ausgeführt werden.

Paul spürt, wie es ihm guttut, sich nur auf den korrekten Ablauf bei dieser Hilfeleistung zu konzentrieren. Er bemerkt, wie sein eigener Puls wieder langsamer und seine Atmung wieder ruhiger wird. Wem er gerade hilft, spielt momentan keine Rolle mehr. Es ist so, als ob er mit Maxi in einer der vielen gespielten Echtsituationen üben würde. Hier liegt ein Patient, er weiß wie zu helfen ist und spult sein Programm einfach ab. ... Alles weitere gilt es danach zu regeln.

„Anton kann jetzt atmen und nicht mehr auf den Rücken kippen", sagt Paul, der Clara erklären möchte, was beide gerade getan haben und worauf weiterhin zu achten ist. „Jetzt muss ich nur immer wieder Antons Atmung und Puls kontrollieren. ... Die Atmung kann ich kontrollieren, wenn ich meine Hand auf den Unterbauch lege und dort ein Auf und Ab spüren kann. Auch wenn ich meine Wange in die Nähe der Nase halte, kann ich die Atmung kontrollieren, indem ich den Atemzug spüre. Den Puls kann ich hier am Handgelenk von Anton immer überprüfen. Wir sollten jetzt den Notarzt alarmieren, da ich momentan nicht mehr für deinen Bruder tun kann."

Nachdem Clara Paul daran erinnert hat, dass es hier im Steinbruch keinen Handyempfang gibt, schlägt Paul vor, dass er bei Anton bleibt und Clara zur Straße laufen soll. Dort soll sie bei der Rettungsleitstelle anrufen und auf den Rettungswagen warten, um die Sanitäter dann in den Steinbruch zu Anton und Paul zu führen.

Zuerst zögert Clara ihren Bruder in der Obhut des Menschen zu lassen, der von ihrem Bruder mehr als schlecht behandelt wurde. Das Zögern und den sorgenvollen Blick nimmt Paul war. Nach einem aus der Tiefe seines Herzens kommenden „Vertrau mir" an Clara, wendet sich diese ab, um den Notruf abzusetzen und Notarzt und Sanitäter herzuführen.

Knapp 15 Minuten später trifft der Notarzt im Steinbruch ein und übernimmt die weitere Versorgung von Anton, der mittlerweile wieder ansprechbar ist. Auch Pauls Platzwunde am Kopf wird behandelt. Den mitgekommenen Polizisten erzählt Paul nichts von dem, was vorgefallen ist. … „Noch nicht!", hat Paul sich vorgenommen.

Da die Polizisten Pauls Mutter und die Eltern von Clara und Anton darüber informieren wollen, dass sich ihre Kinder unerlaubt im Steinbruch aufgehalten haben und dass es einen Unfall gegeben hat, fahren sie Clara und Paul nach Hause. Anton wird zur weiteren Untersuchungen ins Künzelsauer Krankenhaus gebracht.

Während der Fahrt sitzen die beiden schweigend auf der Rückbank des Polizeiwagens. Kurz bevor der Polizeiwagen bei Paul angekommen ist, nimmt Clara Pauls Hand, drückt diese leicht und flüstert ein „Danke". Paul, der momentan nicht weiß, wie es weitergehen und wie er das seiner Mutter erklären soll, nickt Clara nur zu, verabschiedet sich stumm und geht mit einem der Polizisten ins Haus.

Veränderung

<u>Samstag, 23. Oktober, 8.44 Uhr</u>

Schweigend sitzen sich Paul und seine Mutter am Frühstückstisch gegenüber. Paul hat gestern nicht viel gesagt, die Information des Polizisten an seine Mutter über sich ergehen lassen und ist dann gleich in sein Zimmer und früh zu Bett gegangen. Die Versuche seiner Mutter mit ihm gestern noch ins Gespräch zu kommen, hat Paul mit der Begründung auf Kopfschmerzen und mit der Beteuerung „alles ist in Ordnung" abgelehnt. Auch heute Morgen will er nicht über den vergangenen Tag sprechen.

Dass ein Junge ins Krankenhaus musste und dass offensichtlich mehr an der Sache war, als Paul ihr bisher mitteilen wollte, hat Pauls Mutter eine schlaflose Nacht bereitet. Dass auch ihr Junge die meiste Zeit der Nacht wach gewesen sein musste, hat sie daran bemerkt, dass immer wieder Licht in Pauls Zimmer anging und er auch wieder und wieder leise den Weg in Wohnzimmer, Bad oder Küche gesucht hat. Seinem Wunsch entsprechend hat sie ihn gestern und in der Nacht nicht auf die Geschehnisse des Vortages angesprochen. „Alles zu seiner Zeit", waren häufig die Worte ihres Vaters wenn seine Tochter zu viel auf einmal wollte oder wenn ihr Vater Zeit zum Nachdenken benötigte, um dann eine, wie er häufig sagte „bessere Entscheidung" treffen zu können. Diese Zeit wollte sie auch ihrem Jungen geben.

Davon, dass seine Mutter in der vergangenen Nacht auch nicht schlafen konnte, hat Paul nichts mitbekommen. Zu sehr war er von den Geschehnissen im Steinbruch gefangen. Alles hat er in Gedanken durchgespielt. Jeden Fall und jede Möglichkeit, was wohl geschehen wäre, wenn er anders reagiert hätte. Wenn er sich mehr gewehrt hätte, oder gar nicht. Wenn er gleich auf das eingestiegen wäre, was Anton gewollt hat. Wenn er nicht widersprochen, wenn er sich unterwürfig gezeigt hätte, dann wäre das nicht passiert.

„Aber wenn wir immer buckeln und nur das machen und uns an das halten, was die Lauten und Aggressiven fordern, nur weil wir Angst haben, dann ist alles zum Scheitern verurteilt", korrigierte er sich wieder und wieder.

Egal über was Paul nachdachte, egal welchen Gedanken er durchspielte. Er fand in der Nacht zu keiner Lösung, wie es weitergehen soll. Nur in einer Sache war er sich sicher, absolut richtig gehandelt zu haben. Der Moment, in dem Clara ihn „zurückgeholt" hat, als er sich nicht mehr unter Kontrolle hatte. Der Moment, in dem er nur einen Wimpernschlag davon entfernt war zu gehen und Anton seinem Schicksal zu überlassen. Was dann passiert wäre, hätte er sich nie verzeihen können.

„Was kann ich tun?", bricht Pauls Mutter das Schweigen, welches ihr mittlerweile fast unerträglich zu werden scheint.

„Nichts!", antwortet Paul deutlich, während er sich etwas im Stuhl aufrichtet und ihr damit signalisieren will, dass er „alles im Griff" hat und über das, was gestern passiert ist, nicht reden will.

„Sollen wir wegziehen?"

„Nein! ... Warum?"

„Weil ich den Eindruck habe, dass du dich hier nicht mehr wohlfühlst. Und irgendetwas stimmt auch nicht. Dein Auge ist gerade verheilt und gestern kommst du mit einer weiteren Verletzung nach Hause. ... Und der schlimme Unfall!"

„Passiert eben!", unterbricht Paul seine Mutter.

„Soll ich mit deinen Lehrern oder mit den Eltern des verunglückten Jungen sprechen?"

„Nein!"

„Aber irgendwas muss ich doch tun! Paul, mein Junge, sag mir, was ich tun kann!", fleht Beate Klein ihren Sohn an.

„... Ja, nimm mich in den Arm, wie früher", schluchzt Paul und geht auf seine Mum zu.

Weinend liegen sich Mutter und Sohn in der Küche im Arm, als es an der Haustüre klingelt. Erst beim zweiten Läuten lassen beide voneinander ab und blicken durch das im zweiten Stock liegende Küchenfenster ihrer Wohnung auf die Straße und den Eingangsbereich des Mietshauses hinab. Dort unten stehen Anton und seine drei Helfer, die auch gestern Nachmittag dabei waren.

Wie ein Blitz fährt es durch Pauls Körper. „Jetzt ist es schon so weit, dass sie mich zuhause aufsuchen, um mir zu drohen. Das kann nicht sein. Das kann nicht sein!" Ungläubig schüttelt Paul den Kopf. „Du hast gewonnen Anton, ich gehe."

Mit einem gequälten Lächeln und sich die Tränen aus Gesicht und Augen wischend meint Paul zu seiner Mutter: „Das ist für mich. Jetzt kommt alles in Ordnung. Ich muss mich nur noch verabschieden."

Während Paul die Treppen hinuntersteigt, malt er sich aus, was ihn erwartet und wie er dem begegnen will. Er wird Anton sagen, dass er ab sofort keinen Kontakt zu Clara haben und baldmöglichst mit seiner Mutter wegziehen wird. Anton hat gewonnen! So kann und will er nicht weitermachen.

Selbst wenn Anton ihm nicht glaubt und ihm eine weitere Abreibung geben wird, will er die Prügel hinnehmen. Er hat sich, als er die Ausbildung zum Schulsanitäter gemacht hat, geschworen zu helfen und niemanden zu verletzen. Daran wird er sich halten. Er wird sich nicht wehren, egal wie schmerzhaft es sein wird.

Verstört, aber fest entschlossen, das entgegenzunehmen, was ihn erwarten wird, öffnet Paul die Haustüre des Mietshauses.

Schweigend, mit gut zwei Metern Abstand stehen sie sich gegenüber. Anton, dahinter seine Helfer und Paul.

Als Anton einen Schritt auf Paul zugeht und seine Hand nach vorne bewegt, zuckt Paul innerlich zusammen. Fest entschlossen, nicht wegzulaufen, die Sache zu klären, bleibt Paul stehen und sieht Anton an, der durch den Sturz von gestern viele Schrammen im Gesicht davon getragen hat; auch trägt Anton eine Halskrause, die er wohl im Krankenhaus bekommen hat.

„Danke..."

Paul glaubt sich verhört zu haben. Ihm gegenüber steht einer der berüchtigtsten Schläger der Schule, der sich bei ihm bedanken will.

Nur zögerlich und wortlos nimmt Paul die entgegengestreckte Hand Antons an und nickt dabei kurz.

„...für alles", ergänzt Anton, der beschämt seinen Blick senkt.

Die Szene wiederholt sich noch dreimal. Auch Antons Helfer danken Paul auf die gleiche Weise.

Erst als die vier sich wieder Richtung Straße aufmachen, sieht Paul auf der anderen Seite der Straße Clara stehen.

Vom Fenster aus hat Pauls Mutter die Szene beobachtet. Ihr ist nicht entgangen, dass auf der anderen Straßenseite ein Mädchen ihrem Sohn fröhlich zugewinkt und schöne Ferien gewünscht hat. Einer der Jungen, der größte und kräftigste von ihnen, ist mit dem Mädchen vorneweg, die anderen drei mit gebührendem Abstand in gleicher Richtung die Straße hinuntergegangen.

„Wer war das?", fragt Pauls Mutter, nachdem ihr Sohn die Wohnung wieder betreten und sie das Leuchten in Pauls Augen wahrgenommen hat.

„Vier Jungs, die gerade dabei sind bessere Menschen zu werden."

„Und das hübsche Mädchen?"

„Jemand, mit dem ich mich demnächst öfters treffen werde", entgegnet Paul grinsend.

Anmerkung des Autors

Über sieben Jahre habe ich im Rettungsdienst gearbeitet. Zuerst als Rettungshelfer, dann als Rettungssanitäter. Seit 1998 bin ich auch Pädagoge und habe seit dieser Zeit an verschiedenen Schulen Schulsanitätsdienste gegründet und eine Vielzahl von jungen Menschen als Schulsanitäterinnen und Schulsanitäter aus- und fortgebildet.

Die Notfälle in diesem Roman sind so oder auf ganz ähnliche Weise wirklich passiert. Die Handlung und alle beschriebenen Personen sind frei erfunden. Die Organisation, Ablauf und Inhalte des im Roman beschriebenen Schulsanitätsdienstes decken sich mit den Schulsanitätsdiensten, die ich bisher betreut habe.

Die Stadt Künzelsau, in der die Handlung spielt, gibt es wirklich. Es ist die Stadt, in der ich geboren und aufgewachsen bin und in der ich gerne lebe. Viele örtliche Gegebenheiten von Künzelsau und seiner Umgebung standen für die Handlung Pate.

Die Schloss-Schule ist eine Vermengung der Schulen, an denen ich bisher unterrichtet habe.

Wie es mit den Schulsanitätern der Schloss-Schule Künzelsau weitergeht...
... www.mathias-p-rein.de

Glossar

Arnika Globuli

Arnika wird zur Schmerzlinderung und Abschwellung in der Regel als Creme oder Gel zur äußeren Behandlung bei Verletzungen, Muskel- und Gelenksbeschwerden verwendet.

Zur alternativmedizinischen Behandlung (homöopathischen Behandlung) gibt es zudem sogenannte Globuli, welche über den Mund eingenommen werden. Diese Globuli sind kleine Kügelchen von ca. 1mm Durchmesser, welche aus Zucker und bestimmten Wirkstoffen bestehen.

Richtig eingenommen sollen Arnika Globuli abschwellend bei z. B. Prellungen, Verstauchungen, Blutergüssen und Zerrungen wirken.

Chirurgische Ambulanz

Die chirurgische Ambulanz ist ein Krankenhausbereich, in dem Patienten, welche z. B. Knochenverletzungen, Platz- und Schnittwunden etc. aufweisen, zuerst behandelt werden. Während dieser Behandlung wird entschieden, ob der Patient aufgrund seiner Verletzungen stationär ins Krankenhaus aufgenommen werden muss oder nach erfolgter Behandlung wieder nach Hause entlassen werden kann. Chirurgie wörtlich aus dem altgriechischen übersetzt heißt „Handarbeit".

Cold-Pack

Ein Cold-Pack ist ein Kunststoffbeutel, der mit einem gelartigen Mittel gefüllt ist, welches Kälte aufnehmen und über einen längeren Zeitraum wieder abgeben kann. Das Cold-Pack sollte in einem Eisfach gelagert werden, damit dieses jederzeit einsatzbereit ist. Eine direkte Berührung des Cold-Pack mit der Haut ist zu vermeiden, da die tiefen Temperaturen eines Cold-Pack die Haut zusätzlich schädigen können. Das Cold-Pack soll daher vor dem Auflegen auf die entsprechende Körperstelle in einen Beutel gelegt (meist im Lieferumfang des Cold-Pack dabei) oder in ein Tuch eingewickelt sein. Mit einem Cold-Pack werden in der Regel Verstauchungen und Prellungen behandelt.

Dento-Save

Der Dento-Save ist eine Zahnrettungsbox. Ein mit einer speziellen Flüssigkeit (Kochsalzlösung und Antibiotikum) gefülltes Gefäß zur kurzfristigen Aufbewahrung ausgeschlagener Zähne. Für ein erfolgreiches wieder einwachsen / einheilen des Zahnes sollte der Zahn schnellstmöglich (spätestens 2 Stunden nach dem Ereignis) vom Zahnarzt wieder eingepflanzt werden. Der Dento-Save ist in der Apotheke erhältlich bzw. kann über Apotheken bezogen werden. Auf das Verfallsdatum der Flüssigkeit zum Erhalt des Zahnes sollte geachtet werden.

Epilepsie

Epilepsie bezeichnet das Krankheitsbild bei einem spontan auftretenden Krampfanfall. Auf neurologischer Ebene ist ein epileptischer Anfall eine Folge von Entladungen von Neuronengruppen im Gehirn. Bei ca. 5% der Menschen treten im Laufe ihres Lebens vereinzelte epileptische Anfälle auf, ohne dass sich daraus eine chronische Epilepsie entwickelt. An Epilepsie leidet ca. 1 % der Bevölkerung weltweit. In der Bundesrepublik Deutschland sind ungefähr 200.000 Kinder betroffen.

Krankentransportwagen (KTW)

Ein KTW ist ein Transportfahrzeug für den Krankentransport von verletzten oder erkrankten Personen unter geeigneten

Transportbedingungen (z. B. liegender Transport, im Rollstuhl sitzend, Sauerstoff benötigend, etc.).

Notarzteinsatzfahrzeug (NEF)

Das NEF ist wenigstens mit einem Notarzt besetzt. Häufig steht dem Notarzt ein Fahrer, bestenfalls mit der Qualifikation als Rettungsassistent zur Verfügung. Das NEF dient als schneller Zubringer eines Notarztes zum Notfallort.

Notarztwagen (NAW)

Sobald ein Rettungswagen mit einem Notarzt besetzt ist, erhält das Fahrzeug die Bezeichnung NAW. Das Krankenhaus und die Leitstellen wissen dann, dass ein Notarzt mit im Fahrzeug ist.

PECH

Die Eselsbrücke PECH ist eine leicht zu merkende Grundregel bei Sportverletzungen. In der beim DRK-Landesverband Baden-Württemberg erhältlichen Broschüre „Autsch! Erste Hilfe Ratgeber für Sportler" wird im Zusammenhang mit PECH darauf hingewiesen, dass „eine konsequente lineare Abfolge der Maßnahmen nicht immer korrekt ist und die einzelnen Maßnahmen situativ variiert werden sollten."

Rettungshelfer

Der Rettungshelfer oder auch Rettungsdiensthelfer ist eine in Deutschland nicht einheitliche Bezeichnung für Personal im Rettungs- und Krankentransportdienst, welches in der Regel zusammen mit einem Rettungssanitäter oder einem Rettungsassistenten den Krankentransportwagen (KTW) oder zusammen mit einem Rettungsassistenten den Rettungswagen

(RTW) besetzt. Da die Ausbildungsdauer zum Rettungshelfer sehr kurz ist, ist dies bisher eine typische Ausbildung für Ehrenamtliche, die sich im Rettungsdienst engagieren.

Rettungssanitäter und Rettungsassistent

Rettungssanitäter und Rettungsassistenten sind intensiv in Grundlagen der Notfallmedizin und Techniken der Rettung schwer erkrankter oder verletzter Personen ausgebildet.

Zu den Aufgaben von Rettungssanitätern und Rettungsassistenten gehört die fachgerechte und zum Teil eigenverantwortliche Durchführung von Krankentransporten und Rettungseinsätzen, bei denen kein Arzt nötig ist. Ebenfalls die Notfallversorgung eines Patienten bis zum Eintreffen des Notarztes und die Assistenz bei Maßnahmen, die der Arzt durchführt. Der Rettungsassistent durchläuft eine umfangreichere Ausbildung als der Rettungssanitäter und ist auch der einzige in Deutschland gesetzlich geregelte und anerkannte Ausbildungsberuf im Rettungsdienst.

Rettungswagen (RTW)

Ein RTW wird für die Notfallrettung und den Transport von Patienten in die Klinik verwendet.

Schock

Als Schock wird in der Medizin ein lebensbedrohlicher Zustand bezeichnet, bei dem aufgrund einer verminderten Blutzirkulation die Sauerstoffversorgung im Körper erheblich vermindert ist. Ursachen können Blutverlust, allergische Reaktionen, Vergiftungen, ein Pumpversagen des Herzens, etc. sein.

Die Kreislaufprobleme, welche im Kapitel „Ein schlimmer Unfall" bei Annabelle beschrieben werden, werden umgangssprachlich als

„Schock" bezeichnet. In der medizinischen Fachsprache jedoch als „akute Belastungsreaktion".

Vakuummatratze

Die Vakuummatratze ist eine Lagerungshilfe, in der Patienten zum Transport komplett ruhiggestellt werden können. Sie besteht aus einer luftdichten Hülle, die mit Kunststoffkügelchen gefüllt ist. Wenn ein Patient auf der Vakuummatratze liegt, wird die Luft aus der Matratze abgesaugt und die Matratze dabei an den Körper des Patienten geformt. Die Vakuummatratze wird z. B. bei Verdacht auf Wirbelsäulenverletzungen verwendet.

Verbrennung / Verbrühung

Von einer Verbrennung bzw. einer Verbrühung wird gesprochen, wenn die Haut und das darunterliegende Gewebe durch trockene (z. B. Flammen, Herdplatte, Sonne) oder feuchte (z. B. kochendes Wasser) Hitzeeinwirkung verletzt wurde.

Die Schweregradeinteilung bei Verbrennungen und Verbrühungen wird in vier Stufen angegeben. Vom 1. Grad (Schmerzen, Rötung und leichte Schwellung der Haut - z. B. Sonnenbrand) bis zum 4. Grad (Verkohlung; alle Hautschichten und der Knochen sind betroffen – z. B. bei längerem Kontakt mit allem, was sehr heiß ist oder mit Elektrizität). Zur Abschätzung des Schweregrades einer Verbrennung kann die Größe der Handfläche des Patienten herangezogen werden. Die Handfläche des Patienten entspricht ca. 1% seiner Körperoberfläche.

<u>Kleidung entfernen - VORICHT! Anna und Paul haben im Roman einen Grundsatz nicht beachtet / über einen Grundsatz nicht nachgedacht:</u>

Wenn bei Verbrühungen heiße Flüssigkeit auf die Kleidung gelangt ist, sollte zuerst die Kleidung gekühlt und dann erst die Kleidung vorsichtig ausgezogen werden. Das Ausziehen der Kleidung ist zu unterlassen, wenn Stoff an der Haut klebt. Dann darf die Kleidung nur vom Arzt entfernt werden!

Weitere Bücher von Mathias P. Rein

Witzebuch LACHEN!
Die **300 besten** Witze der 80er und 90er -
Garantiert jugendfrei und oberhalb der Gürtellinie

Broschiert:	68 Seiten
Verlag:	Books on Demand
Auflage:	3 (August 2019)
ISBN:	978-3749478156

Als Taschenbuch und eBook erhältlich.

Witzebuch MEHR LACHEN
Für alle **Kinder** ab 10 Jahren:
Witze, Rätsel, Scherzfragen, Fritzchen Witze...

Broschiert:	100 Seiten
Verlag:	Independently published - Kindle direct Publishing www.amazon.de
Auflage:	1 (Mai 2021)
ISBN:	979-8599619529

Als Taschenbuch und eBook erhältlich.

Witzebuch MEHR LACHEN
Für alle **Lehrer** (m,w,d) zur Verwendung im Unterricht.
Mit Humor und Witz den Unterricht verkürzen und trotzdem mehr erreichen.

Broschiert:	68 Seiten
Verlag:	Books on Demand
Auflage:	3 (November 2020)
ISBN:	978-3748165316

Als Taschenbuch und eBook erhältlich.

Voller Einsatz - MAXI
Die Schulsanitäter der Schloss-Schule Künzelsau

Broschiert:	128 Seiten
Verlag:	Independently published - Kindle direct Publishing www.amazon.de
Auflage:	2 (September 2021)
ISBN:	979-8462775642

Als Taschenbuch und eBook erhältlich.

Schüler in sozialen Diensten – Dimensionen pädagogischen Handelns
Eigenschaften freiwilliger Schulsozialdienste am Beispiel des Schulsanitätsdienstes.

Broschiert:	346 Seiten
Verlag:	Books on Demand
Auflage:	2 (Mai 2021)
ISBN:	978-3753406787

Als Taschenbuch und eBook erhältlich.

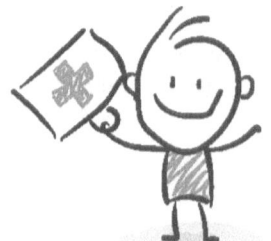

MEHR Informationen unter:
www.mathias-p-rein.de

Rechtlicher Hinweis

Da Realität komplexer ist, als die in diesem Roman beschriebenen Situationen und Fälle und da jeder Notfall immer individuell betrachtet und behandelt werden muss, ist die wiederkehrende Teilnahme an erste Hilfe Kursen und Kursen zu lebensrettenden Sofortmaßnahmen (in Theorie und Praxis) obligatorisch und dieses Werk KEIN Ersatz dafür!

Die beschriebenen Handlungen und Maßnahmen bei Notfällen erheben keinen Anspruch auf Vollständigkeit und absolute Korrektheit. Es kann daher keinerlei Haftung für Ansprüche übernommen werden, die durch Handlungen entstehen, die sich aus dieser Veröffentlichung ergeben könnten.